张佳玮 著

三国志异

Strange
Tales of
the Three
Kingdoms

华东师范大学出版社

前言

本书并无谈得上新知灼见之物。大概的内容，也无非是作者本人从一个《三国演义》爱好者向三国历史爱好者过渡时，一点简单的心得。

哪位问了：《三国演义》爱好者与三国历史爱好者，不同吗？

在我国民间认同里，三国历史，实在是中国历史一段别样存在。其他历史传奇，大多承史册、搜故事、立人物而成。如霍去病横绝大漠而壮年夭逝，楚霸王纵横秦末而自决乌江，始皇帝扫清六合鞭挞宇内，高长恭勋高颜美而饮鸩自尽……这样的传奇，都是正史所载。

三国历史之特殊处，大概便是因为本身太过传奇，又加史料繁杂，于是陈寿《三国志》，加以裴松之之注解，又有《晋书》《后汉书》为凭，更有《世说新语》等笔记传说，宋话本，元杂剧，堪称《三国演义》雏形的《全相三国志平话》，终于到了《三国演义》，就此几乎永久性地改变了大众对三国的印象。再明清两朝戏剧，更是将许多人物的脸谱描就，输进了大众内心。

比如，诸葛亮在正史，实为苦心孤诣的贤相；《三国演义》将之鹤氅羽扇、能掐会算，鲁迅先生所谓"状诸葛之多智而近妖"。张飞在正史，实为爱敬君子不恤小人的猛将，对读书人客客气气；《三国演义》却永久地将一个大胡子黑脸汉子形象给锁定了。鲁肃在正史，实为大局观出众、性格刚毅大胆的军官；《三国演义》里将他做成了一个宽厚到呆萌的君子，被诸葛亮来回涮。诸如此类，不胜枚举。

好处自然有了：增加了戏剧性，夸张了本身性格，让大众易于记住。然而，《三国演义》这本书，也确将一些具体人物给偶像化、浪漫化了，以至于多少喧宾夺主。于是如今民间认可接受的三国设定，是一个混杂的设定：有一点正史，有一点评书演义，有一点二次元改编。

自然也不能怪《三国演义》。中国早年评书和小说，是给老百姓和民间读书人读的。所以历朝演义评话，大多有以下脸谱套子：诸葛亮、徐世绩、李靖这种军事家，被描述成牛鼻子老道；张飞、程知节（咬金）、胡大海这种猛将，被描述成花脸憨人；君王都是软耳根子，要听奸妃和国丈的话；要歌颂杨业和包拯，就要把潘美和庞籍（就是庞太师）说成大坏蛋；打仗靠阵前单挑和个人血气；谋略靠埋伏和火计——得啦，老百姓爱看嘛。早在《三国演义》之前的戏曲话本里，这些套路已经有了。虽说这些都符合老百姓朴素的价值观，但也有副作用，比如正史的个人性情，多少被埋住了些。

也因此，许多小说、评书甚至游戏爱好者初接触史书时，第一反应多是惊诧，"我小时候读的，不是这样的呀！"——比如我即是如此。

但进一步琢磨过，便多少明白了。三国历史所以能流传千古，确实因为《三国演义》定本的人物们光辉万丈；但这段历史本身，在古时能得各色小说家和说书人钟爱，也因为其中的非凡之处。如果不索需单纯的个人英雄情结，则《三国志》加裴松之的注，以及《后汉书》等史册里记载的三国故事，其曲折复杂，还在《三国演义》之上。

罗贯中当年给曹操留了首《邺中歌》，结尾是，"书生轻议冢中人，冢中笑尔书生气"。大略三国中的英雄人物，擅加评论，不免被逝者所笑；所以本书如开头所述，并无新知灼见，更多是"古今多少事，都付笑谈中"，譬如齐人野语，一点心得，只是个人对历史的一点叹奇罢了。

005　个人奋斗与历史进程

011　官渡

017　美男子们

025　三国打仗，到底多少人

033　三国的都城

043　兄弟不能成兄弟

053　命运的玩笑

个人奋斗与历史进程

三国时,有个诸葛绪,琅琊阳都人。众所周知,三国时琅琊阳都姓诸葛的,诸葛亮、诸葛瑾、诸葛诞,都是出将入相之才。诸葛绪也不丢人。

公元255年,魏国名将毌丘俭叛乱,是为"淮南三叛"之一。吴大将军孙峻举兵号称十万,要渡江来了;三国末期名将、当时兖州刺史——约等于现在的山东省委书记——邓艾,派遣时为泰山太守——约等于泰安市长——的诸葛绪,前去拒战,成功了。诸葛绪从此有了地位。

又八年后,司马昭定方略,要灭亡蜀汉了。当时派出的三路大军,有两路主将威名赫赫:一是"时人谓之子房"、张良再世的钟会,一是征战四方的姜维老对手邓艾。其中钟会十余万众,取汉中。邓艾三万人,攻蜀汉大将军姜维所在的沓中。

这就是三国末期的三杰之战:姜维迎战邓艾与钟会组合。

——还有诸葛绪。

此时的他,通过个人奋斗,已是雍州刺史,即甘肃省委书记了。他领军三万,向阴平桥头出发,拦截姜维,别让其干扰钟会的汉中攻势。

然后,您猜到了:小人物上大舞台,诸葛绪很快倒了霉。

钟会在汉中征讨顺利,邓艾在沓中阻拦姜维。本来似乎魏国计划要成功:隔断姜维,攻下蜀汉,很好。

然而姜维天纵奇才,来了个声东击西:绕道阴平西北,入北道,俨然要抄诸葛绪的后路。诸葛绪吃了个假动作,退兵三十里,姜维引军翻身,过了阴平桥,回到剑阁。如此,曹魏的正路被堵了。诸葛绪与邓艾组合围杀姜维的计划,就此完蛋。

这时,诸葛绪又做错了一件事:他没向邓艾靠拢,而去找钟会——不难理解嘛,邓艾是老上司,但是放牛娃出身;钟会和诸葛绪都是世家出身,还是钟会靠谱些。

可惜，诸葛绪连续两个决策，都是错误的。

钟会年少，野心勃勃。此次出征，本就心存反意。看诸葛绪犯了错误，手里还握着三万兵，眼馋了。钟会私下向司马昭告密，说诸葛绪临阵不前，治了他罪，打入囚车，押回洛阳去了。三万兵，没收了，归钟会。

此后，邓艾完成了天下知名的传说：偷渡阴平，万山之中行军，占领江油，大破诸葛瞻，逼得刘阿斗出降，蜀汉灭亡。

这时候，诸葛绪是整个故事里最倒霉的人：八年前的市长，八年后的省领导，灭蜀三大队之一。本来很光彩。可是：被姜维晃过，被钟会打小报告，错过了邓艾的不世奇功，坐着囚车回洛阳，什么命嘛！！

然而呢……一个人的命运，既要看个人的奋斗，也要参考历史进程。

灭蜀之后不久，姜维投向钟会，煽动他谋反。钟会擒拿邓艾，自己和姜维策划造反。未遂。一日之内，邓艾、钟会、姜维三杰全都死去——这是公元264年正月的事。

三杰死时，成都大乱，秩序失控，军民死伤无数。到公元264年二月,才大致安定了。蜀汉是灭亡了,只是前后死的人,也够瞧的。参加征蜀的大部分高级军官,钟会、邓艾、师纂,都死了。

而犯了大过、错过了大功、安进囚车里回去的诸葛绪呢?

他很安静。他因祸得福,被送离蜀中,恰好躲开了风暴。他没什么大过失,而且因为钟会的谋反,反而让他变清白了。

此后:

诸葛绪官运亨通,活到了晋朝开国,担当了太常、卫尉。他儿子诸葛冲当了廷尉。

在诸葛绪被囚车送回洛阳后又十年,那个春天,他的孙女诸葛婉被红纱系臂,选进宫廷,当了晋武帝司马炎的妃子——论辈分,诸葛绪都是司马懿平辈的亲家了。而此时,曾经风云呼啸的邓艾、钟会、姜维甚至司马昭,都死去多年了。

多年后,诸葛绪回想起自己被打进囚车送回洛阳那年深秋,会作何感想呢?那对他而言是大不幸,但从历史角度看,那场风云凌乱的变局里,他又是个幸运者。他没像钟会、邓艾与姜维那样名动历史,但他活下来了,还平白得了富贵。

最微妙的是,这一系列过程中,他都是被历史风云左右着,祸兮福所倚,福兮祸所伏。风云变幻,就这样划过了他的脖子,留了他一条富贵平安路——他在囚车里被送走时,万万想不到吧?

一个人的命运,既要看个人的奋斗,也要参考历史进程。这意思是:历史要开一个人的玩笑,多大的英雄都没法子。历史要让你成功,你办错一堆事都能逃得性命,飞黄腾达。

这就是"古今多少事,都付笑谈中"啊。

官渡

史书一般将官渡与赤壁,列为三国两场大战。官渡一战后,曹操统一北方;赤壁一战后,三分鼎立。都是以少胜多,都是戏剧性的一战,《三国演义》里尤其明显:还都跟火有关。火烧赤壁,火烧乌巢。

然而其实,没那么简单。

官渡之战之前,其实是袁绍优势主动,泰山压顶;曹操劣势被动,扼守反击。

输了官渡,袁家并未从此土崩瓦解——公元200年官渡之战,又过了七年,曹操才正式统一北方。是故官渡之战,只是个胜负易势,更像是曹操渡过了危机,而非袁家就此崩溃。

毕竟在官渡之战前,曹操一度很尴尬:北边袁绍,南边刘表,肘腋间的张绣,西边的关中,加上忽然出走在徐州闹独立的刘备,四面受敌。但比起此前东有吕布、东南有袁术和孙策，还是好一些。此后：张绣归降，刘表观望，刘备被曹操结果，关中诸将不动，曹操得以面对袁绍。

关羽在白马之战亲自于万军中斩颜良，是为三国中最传奇的个人故事；曹操迁移民众退军，再击斩文丑。虽然击败颜良文丑，但曹操其实是撤军的，撤到了官渡。孙策死去。

于是公元200年，官渡正式开战。从八月相持到十月，就发生了著名的曹操偷袭乌巢，解决袁绍全部物资。袁绍方张郃与高览投降。袁军大溃。

——这里说句闲话，关于兵力对比：

《三国志》里，荀彧说曹操"以十分居一之众画地而守之"，又所谓"兵不满万"。而袁绍"众十余万"。似乎曹操真是以一对十。但这事细想不大对：曹操起兵时数千人，此后收青州兵数十万，又四方征伐，兖州、豫州、汝南、徐州、关中都在手里，关键大战，却只拿得出一万人，听来不对。又《三国志》称官渡之后，袁绍军被坑杀七万人——第一，这数字有些夸张；第二，曹操军若不过一万，怎么坑得了七万人呢?

且说袁绍官渡败北后,并没就此完蛋。实际上,官渡之后一年,又有仓亭之战:又是袁绍渡河来袭,袁攻曹守。袁绍再败,之后一年多就过世了。但这至少算个证据:袁绍不但没退保河北,还有余力继续攻击曹操呢——打不过就是了。

事实上,可以这么说:官渡之战,是袁绍对曹操优势的终结;而袁家转衰,则源于袁绍自己的死亡。这就涉及到袁绍集团本身的建构方式了。

官渡之战前,荀彧曾经跟曹操论述过:袁绍如何差,曹操如何好。郭嘉也献过了十胜十败论,有些是虚词,但两人的核心词是:

袁绍集团太多掣肘,派系太杂,下决断牵扯太多。

曹操集团,简洁扼要,没有什么虚礼,执行力强——当然免不了又夸几句:曹操自己英明神武,非袁绍可比。

袁绍其实一开始就不是什么好人。当年董卓起事,袁绍来了句"天下健者,岂唯董公?"自己又云集关东诸侯,声震天下,却不主动攻打。之后纵横河北,可见从一开始,袁绍就想效法光武帝了。虽然袁绍和曹操都爱指责彼此怀篡逆之心，但袁绍代汉的心思，显然埋得更早。

然而，布局早、地利稳，也有坏处。

这里的问题是：

袁绍的几个儿子，都有自己的派系。袁绍曾经说，指望每个儿子，各领一州土地，这也是没法子：地盘大了，派系太多了，大家也并不是全然心服。只有儿子勉强可以信赖。

曹操后来的部署，西线夏侯渊、南线曹仁、东线夏侯惇，其实也是指望亲贵诸将：只有自己人靠得住啊。

袁绍平定河北，势力扩张之后，集团庞大，军队庞杂，如何才能指挥他们呢？一个共同的利益目标。所以袁绍攻曹操，可进不可退的意思。

袁绍死后，袁绍三子分裂，几乎各自为战。早在官渡之前，袁绍麾下诸将谋士，审配许攸、沮授田丰、逢纪郭图，又有哪两个人的思想是统一的呢？

曹操则很少有这问题：诸夏侯曹，五子良将，颍川集团，都是铁桶江山。

曹操官渡破袁紹

所以袁家真正完蛋，还在于袁绍的死，在于袁家的继承权争议。此后贾诩就用袁绍和刘表死后诸子内乱的事，警醒过曹操。对庞大的势力而言，老当家是唯一的镇山之宝。只要袁绍还活着，河北依然庞大有根基。但他一死，自然会分裂。

当初袁绍和曹操论天下时，袁绍强调要得地利，占领河北，无往而不利。太祖爷则说他要"任天下之智力"。曹操一开始就明白，人比地方要重要。袁绍就吃亏在地方太大，属下太杂，而曹操就成功在任天下之智，重点在人——当然，曹操后期自己也为继承人而头疼，那就是另一回事了。

美男子们

因为影视剧与游戏的缘故,论及三国的美男子,许多人第一便想到赵云。按赵云在历史上,确实是好看的,但风格并非许多人想象的花里胡哨小白脸帅哥——这实在是中国古往今来,民间第一桩大误解。

正史,裴松之《云别传》说:"云身长八尺,姿颜雄伟。"

汉尺一尺合如今23公分,那么,赵云是个一米八五左右、姿颜雄伟的汉子。注意用词,是雄伟,是堂堂一表的河北大汉!

《三国演义》里,罗贯中给赵云编了个容貌,也没怎么走形:

忽见草坡左侧转出个少年将军,飞马挺枪,直取文丑,公孙瓒扒上坡去,看那少年:生得身长八尺,浓眉大眼,阔面重颐,威风凛凛,与文丑大战五六十合,胜负未分。瓒部下救军到,文丑拨回马去了。那少年也不追赶。瓒忙下土坡,问那少年姓名。那少年欠身答曰:某乃常山真定人也,姓赵,名云,字子龙。

浓眉大眼,阔面重颐——就是浓眉大眼,宽脸双下巴。

所以,赵云无论史实还是演义,都是高大雄伟、浓眉大眼、大脸双下巴,燕赵悲歌慷慨的河北汉子,并非小白脸。拿武侠小说打个比方:他的容貌更接近萧峰,而不是段誉。

又赵云的年纪,也不是小白脸。罗贯中这里犯了个小错误:公元228年诸葛亮初次北伐,罗贯中为了体现赵云神威,来了个"年登七十斩五将",威风八面。但问题来了:当阳长坂,那是公元208年。这么一算,赵云怀抱阿斗百万军中出入时,已经五十岁了吗?比刘备都大?感觉似乎也不大对……当然,按照史书上赵云活动的时间计算,长坂前后,他也有将近四十岁了,是一条威武的河北大叔,绝非许多人想象中的白袍小将就是了。

当然,《三国演义》里,明说是白袍银枪帅哥的,另有一人,也确

实是清秀白净。许多现在的赵云形象,其实是按这个塑造的:

又见马超生得面如傅粉,唇若抹朱,腰细膀宽,声雄力猛,白袍银铠,手执长枪,立马阵前。

这才是白袍帅哥偶像派。然而马超也没当几年白袍小将:在潼关大战曹操时,马超已经三十五岁了。正史没记载马超容貌,但是他父亲马腾"长八尺余,身体洪大,面鼻雄异",马超应该也长得不错。

苏轼《赤壁怀古》,想象周瑜"雄姿英发"。罗贯中写《三国演义》,说周瑜"姿质风流,仪容秀丽",其实风格也有些差异。《三国志》说周瑜,"瑜长壮有姿貌",那是高大强壮,姿貌好,但并不是秀雅风流型的。反而是周瑜的好哥们孙策,长了一个万人迷的好容貌,还爱说爱笑,所谓:"策为人,美姿颜,好笑语,性阔达听受,善于用人,是以士民见者,莫不尽心,乐为致死。"

历史上,诸葛亮长了极好的容貌。《三国志》说他:"亮少有群逸之才,英霸之器,身长八尺,容貌甚伟,时人异焉。"

诸葛亮是山东人,高大英伟,一米八五左右的个头。而《三国演义》则说:"玄德见孔明身长八尺,面如冠玉,头戴纶巾,身披鹤氅,飘飘然有神仙之概。"

这是罗贯中给诸葛亮增加了神仙气派,弱化了他的伟岸属性。所以历代戏剧里,诸葛亮都有点像个道士:过于强调他的神仙气和儒雅气。其实诸葛亮身长八尺,容貌甚伟,而且有英霸之气,是应该带点高贵气质、派头十足才对。

又:历史上,周瑜比诸葛亮大了六岁,然而各路戏剧里,总仿佛周瑜年少俊美,诸葛亮老成持重。那也是刻板印象所致。

陆逊,史实与演义都没有容貌描写。只能猜测他是孙策之女婿,容貌也差不到哪里去。许多人印象里,陆逊指挥夷陵之战时,是个白面书生,则是艺术夸张:那年陆逊四十岁了,虽然比对面的刘备小了二十来岁,但当年周郎战赤壁时,也不过三十四岁。

许多人觉得吕布帅。他的容貌,正史无载,只有传说"人中吕布,

周瑜定計破曹操

马中赤兔",应该不至于猥琐难看。《三国演义》里倒有,最初的罗贯中本子,说他:"身长一丈,腰大十围,眉目清秀。"说明他是高挑、粗腰、俊脸。模特身段。当然这也是小说家言。

正史里有一人:

有才武,膂力少比,双带两鞬,左右驰射。

——身材武力都好,力气大,骑射好,可以左右开弓射箭。

另一人:便弓马,膂力过人。

——力气大,骑射好。

看着挺像一家子吧?嗯,这分别是董卓和吕布……所以我很怀疑,董卓在发胖之前——正史和演义都提及,他死后尸体肚脐里放了灯,体脂都能当蜡烛烧——也是一个与吕布不相上下的西北美男子,只是一发胖,就什么都没了。

其他另有几位,通常不会被描写的帅哥。

比如,曹操部下谋士程昱,正史说:"程昱字仲德,东郡东阿人也。长八尺三寸,美须髯。"

折合一米九的身高,加上胡子华丽,山东美男子。

程普的容貌是被歌颂过的:"程普字德谋,右北平土垠人也。初为州郡吏,有容貌计略,善于应对。"

袁绍也生了极好的容貌,所以他年轻时威望极高,曹操都跟他关系好。这一点,他和刘表是一样的。"绍有姿貌威容,能折节下士,士多附之,太祖少与交焉。"

为什么这些历史上的美男子,得不到描述呢?因为民间传说和戏曲作品,通常只记得红脸关公、黑脸张飞、白脸小将赵云,于是影视剧编导也萧规曹随,听之任之了。正史没提张飞的容貌,但他雅擅书法,两个女儿又都是刘禅的皇后,想必长得不会难看。

最后呢,三国口碑第一的美男子……是荀彧。

《典略》曰:"彧为人伟美。"——高挑又俊美。且荀彧喜欢带香,后世文人多把他当风度翩翩美男子夸饰。所谓"桥南荀令过,十里留衣香",所谓"宝香玉佩,暗解付与,多情荀令"。

当然,朋友夸你美无所谓。仇人夸你美,才有含金量。大才子祢衡被曹操叫去后,狂气十足,骂遍曹操麾下所有人,骂到荀彧了,说荀彧只好"借面吊丧"——"你就只剩张脸,可以去吊丧蹭饭!"

反过来想,连祢衡这样的毒舌男子,都无法否认荀彧的容貌之美,只好说:"你除了长得美,还剩什么呀!"

许多人会觉得,曹操麾下,郭嘉该是个美男子才对——其实正史上,郭嘉容貌无载,荀彧的相貌则是多有记述,以此推测,荀彧的容貌至少不会次于郭嘉——不然为什么历代大家都说荀彧帅,很少提郭嘉呢?

其实荀彧也就比郭嘉大七岁,而且年少早达,跟曹操时还不到三十岁。曹操比荀彧作张良,要知道,张良在历史上,也是很俊美的。

三国打仗,到底多少人

罗贯中先生对整数似乎有执念。《三国演义》里,动不动"起大军二十万、三十万、四十万"之类,凑够整数比较有趣。

除此而外,他还爱虚张声势。官渡之战,他吹说袁绍大军七十万,曹操七万;赤壁之战,吹说曹操大军八十三万;夷陵之战,刘备大军连营七十万。类此种种,不胜枚举。

然而历史上呢?《三国志》说袁绍官渡时"简精兵十万";赤壁时,一般公认曹军二十余万;夷陵之战,一般公认,刘备军马四万余。亩产万斤放卫星,罗贯中先生可以当之。

哪位说了:也不是吹牛啊,中国人是多啊。想想苏轼在密州当市级干部时,打一次猎,"锦帽貂裘,千骑卷平冈"。然而,徽宗大观元年即公元1107年,苏轼逝世六年后,有司统计各路给田牧马之数:总计养马一千八百匹。苏轼这个牛,吹得略大了。

话说，古代打仗人数，究竟是个什么规模呢？

欧洲人打仗，人数委实不多；而且打从波斯人跟希腊人打马拉松之战开始，欧洲人便觉得东方——波斯啦、匈奴啦、蒙古啦甚至俄罗斯啦——都是汪洋大海。公元前48年波斯的薛西斯征讨希腊，被誉为历史之父的希罗多德上下嘴皮子一划拉，说波斯军队多达2641410人——你没数错，他就相信波斯人真有二百六十四万开外呢，而希腊人觉得自己各同盟能蹿出五万已是大军。实际上，到公元前48年凯撒奠定霸业的法萨卢斯会战，双方对决也就是三万对六万之数——这么点人，就决定了欧洲命运，多少有些小气吧？还有更小的呢：公元11世纪，决定英国归属的黑斯廷战役，双方八千对八千，也就是两个小区居民到广场对打的规模——确实也小家子气了些。

中国历史上，有许多痛快解气、吓得死欧洲人的数据。比如牧野之战，周朝解决了商朝七十万大军；长平之战，秦国连坑带杀，干掉了赵国四十五万人；项羽破釜沉舟，五万破了秦军二十万；三万人奔袭彭城，破刘邦五十六万；淝水之战风声鹤唳，苻坚九十七万人土崩瓦解；隋炀帝东征高丽，带去了一百一十三万人——欧洲那些传奇会战,到此不免吓得屁滚尿流。所以刘邦能吹韩信牛,"连军百万",欧洲将帅连这个数字都不敢想象呢。

所以,真的是中国兵力特别多吗?

也未必。这就得讨论到兵力和制度了。

春秋战国时,兵民一体。所以一般谈论可用的兵力数字,其实就是适龄农民。史书上吹一次战争动用数十万、百万之众,可是真上第一线肉搏的战斗人员,没那么多。

《战国策》里有这么段:

> 赵惠文王三十年,相都平君田单问赵奢曰:吾非不说将军之兵法也,所以不服者,独将军之用众。用众者,使民不得耕作,粮食挽赁不可给也。

田单提到个细节:动员兵力多了,民不得耕作,粮食难以供给。粮食难以供给是理所当然,可是为什么出了兵,民不得耕作?

因为战国时,兵民一体啊。

长平之战,赵国四十五万人完蛋了。之后燕国企图来打赵国时,

理由:

自邯郸围解五年,而燕用栗腹之谋,曰"赵壮者尽于长平,其孤未壮",举兵击赵。

那意思:赵国的壮年人都死在长平了,孤儿们还没长大呢——不难推测,长平死的四十五万人,可能不仅指赵国的成年军队,而是赵国可以拉壮丁的成年男性。

三国时,制度又不同。按东汉制度,开国后就罢郡国都尉,又罢轻车、骑士、材官、楼船士及军假吏,等于取消地方军队。

三国时为东汉末,军阀许多靠部曲,相当多军阀的私兵部曲,是兵农分离的——即,半专业军人。

蜀汉灭亡时,刘禅给邓艾报户口:"领户二十八万,男女口九十四万,带甲将士十万二千,吏四万人。"可见在三国,将士和人口是分开算的。

这就是战国和三国的差异:战国时一打仗,老百姓扔下锄头就去打了,真上第一线的,天晓得几个人。所谓几十万大军出阵,那是把拉板车送粮食的老乡、立壁垒的民夫,都在里面了。

三国时，部曲军队也有屯垦的。但还是有相当部分是兵农分离。所以数字显得少：但都是半专业的士兵啊。

然后，是组织方式不同。

如上所述，战国之时，到了田单赵奢的时代，军事家已经意识到兵力过多，可能会影响后勤。三国时对此则有警觉。曹操注孙子兵法，如是说："欲战必先算其费，务因粮于敌也。"

曹操早期作战，经历过许多次兵粮问题，兖州战吕布、官渡战袁绍，都在为粮食头疼。后来诸葛亮北伐，也不止一次粮尽退军。所以三国时，许多战役双方是有意识地为了经济，控制军力。

费祎在时，姜维每每出兵不过万人。姜维能带万人以上北伐时，人都五十多岁了。打仗打到后来，就是打粮食。

自然，也有经济本身的原因。

大家都说，汉武帝时，汉朝有三千万人口，汉末三国，全国只有七百万左右，太可怕了，都杀完了——其实也没那么夸张。虽然汉末的确"生民百遗一，念之断人肠"，但是瘟疫和战争死去的之外，还有流散人口。

诸葛亮曾经跟刘备说过这事:"今荆州非少人也,而著籍者寡,平居发调,则人心不悦;可语镇南,令国中凡有游户,皆使自实,因录以益众可也。"

结果是:"备从其计,故众遂强。"

——荆州人其实不少,只是都不上户口。

东汉末乱世,经济生产和户口普查都跟不上,所以出兵数字,相对也少了。

最后一点,兵力数字,有个吹牛问题。

《三国志·魏书·国渊传》说:

> 国渊字子尼,太祖(曹操)征关中,以渊为居府长史,统留事。田银、苏伯反河间。银等既破……破贼文书,旧以一为十。及渊上首级,如其实数。太祖问其故,渊曰:"夫征讨外寇,多其斩获之数者,欲以大武功,且示民听也。河间在封域之内。银等叛逆,虽克捷有功,渊窃耻之。"太祖大悦。

可见当时的破贼文书,都是以一当十地吹。国渊不吹牛,还被曹

操问为什么。所以三国兵力,有许多虚头花账,没法太较真。

蜀汉灭亡时交账簿,自称全国兵力十万二千,这算是官方数据,也许靠谱一点。

所以,大致便是如此:

战国时,全民皆兵,所动的兵力数字,基本等于可征发的壮丁,包括大批非战斗人员,所以显得多,动不动几十万。

三国时期,至少还有部分是兵农分离的,所以史书上,兵力显少。

战国打仗,农民上阵,都影响农业生产了;三国时动员兵力,还计算着粮食来。

战国纵横家吹牛没边,三国也习惯以一算十。大家一起吹,但战国估计吹得更大些。

最后,三国是乱世,人口流散,拉壮丁困难。

所以了,《三国志》没有《史记》里,刘邦所谓五十六万人东征项羽这种浩大的对决——因为动员方式、计算方式、时代背景,都不一样啦,而且还得排除史书吹牛的因素呢。

三国的都城

在三国,定都在哪里好呢?

——这口气,好像还有得选似的……

曹操年少时,与袁绍对话。袁绍说自己:"吾南据河,北阻燕、代,兼戎狄之众,南向以争天下,庶可以济乎?"那意思:南边控着黄河,北边控住北京,招募异族,往南打争夺天下——这是想着占地利。曹操说:"吾任天下之智力,以道御之,无所不可。"——这是靠人谋。虽然历史证明,人谋胜过了地利,但袁绍所言,确实也有理。

如果将中国画为一个井字形,分为九格,四个角分别是右上角河北、左上角关中、左下角巴蜀和右下角江东,四条边分别是左边汉中、右边山东、上边山西、下边两湖,中间则是河南,是天下中央。

历代强大势力,大多割据四个角,比如秦起于左上角关中,西汉起于左下角巴蜀,东汉起自右上角河北,三国时吴蜀分别占了左下角巴蜀和右下角江东。唐朝初起是山西起兵后,立夺关中,明朝起自右下角的江淮。

四个角比如关中河北、川中江东都是割据地,所以长安北京、四川南京这类古都,都在这里;四条边比如汉中山东、山西两湖,大多是战略要地,所以没有名都,却多名战场。河南是天下之中,所以东汉北宋都定都于此。军事地理学而言,这是有讲究的。

扯远了,且说回三国的名都。

蜀之成都,好地方。古代蜀地偏远,却又太富庶,天高皇帝远,太快乐了。所以秦国要来打下蜀地,以作粮仓;所以这里才出司马相如这种天才,所以西汉末公孙述才要割据此地,刘秀命吴汉打了五年,才破成都。三国时,公元214年,刘备围成都,刘璋降了,老百姓没受罪;四十九年后,邓艾兵临城下,阿斗降了,结果魏国二士争功,姜维一计害三贤,把成都人民祸害得不轻。

但成都依然是美好的。而且我个人觉得,在三国时期,成都是中国境内最适合生活的城市。

为什么呢？其一，安全。因为诸葛亮的缘故，这里井井有条。所谓："科教严明，赏罚必信，无恶不惩，无善不显，至于吏不容奸，人怀自厉，道不拾遗，强不侵弱，风化肃然也。"

道不拾遗夜不闭户啊，这治安，妙得很。想必当日，我在成都路上走，被人迎面撞了，也不用大吼，"里个龟儿子爪子？"满可以慢条斯理："里给老子等到起，老子去找诸葛丞相给里讲道理……"

其二，暖和。公元3世纪，人类非正常死亡的大凶手是饥与寒。热最多让人不适，寒才能冻死人。成都的冬天不会太凛冽呢。哪怕赶上天冷，成都可是蜀锦产地啊。

其三，基础设施过硬，日子过起来舒坦。裴松之说了，诸葛亮是个建筑狂：喜欢建设"官府、次舍、桥梁、道路"，于是"田畴辟，仓廪实，器械利，蓄积饶，朝会不华，路无醉人"——走路过桥都舒服，仓库有余粮，路上没醉汉。听起来，真是宜居城市啊。

其四，很适合追星族……这么说有点奇怪，但刘备地盘小，名将多。像曹操后期，张辽在合肥，夏侯惇在寿春，夏侯渊在汉中，曹仁在樊城，天南海北，要收集他们的签名，搁今天坐高铁都要几天几夜。

可是比如刘备刚下成都那会儿，还考虑过，拿城里的田宅分给诸将，被赵云劝了。可见诸将当时可能都住得不宽敞。

如果我是个成都居民，可能走在路上，就看见刘备、诸葛亮、张飞、马超、魏延、赵云、黄忠、法正、简雍、孙乾、糜竺……除了远在荆州的关羽，其他一应俱全。如果我拉着女朋友在成都街上走，还可能被简雍和刘备一指："快把那个淫贼张佳玮捉起来！"——这个梗稍微有点三俗，一会儿说。

最后，吃的。成都的香辛料自古发达，传说张飞在阆中时也给成都人民发明过几样菜，传闻馒头还是诸葛亮发明的……考虑到成都那会儿还产盐，饮食之曼妙就不提了。

多说一句啊，诸葛亮早年一定是很能吃，所以身长八尺；到五十四岁时却过世了，而且司马懿所谓"食少事烦，其能久乎"，我很怀疑诸葛亮一个山东人，入川时吃多了，把胃吃伤了……这是另一个话题。

东吴的名都建业，后来六朝金粉。早先，孙权主要据点在镇江，即南徐。所以后来辛弃疾上北固山,要"满眼风光北固楼",要"曹刘?生子当如孙仲谋"。可是我们江苏长辈说起镇江,主要谈论金山寺、肴肉和好香醋,别的就不爱说了。

孙权后来的定都所在,是南京,建业是也。这地方无可挑剔:自古帝王州,郁郁葱葱,钟山风雨,虎踞龙盘,还有石头城呢。

三国时的建业,唯一的缺点,大概就是,太早了点。何以如此说?因为建业的巅峰,是南朝宋齐梁陈之后了。

到南梁时,建业——当时该叫建康了——人口过百万,城有九门,市场过半,长江的码头上商船号称过万,货物应有尽有:砂糖、香料、象牙、珊瑚、真珠、犀角,有当时世上最大的制纸厂和织锦厂,其他书籍、衣服、家具、药品、大小舟车、金银宝石和陶器数不胜数,天竺、波斯、百济、新罗、昆仑奴都见得到。燕子矶、玄武湖已经有名,横塘的歌姬超过万人。江南春来,草长莺飞,秦淮河也开了。

以及,那著名的《玉树后庭花》。

而三国时的建业呢?这些南朝繁华盛景,都还没有呢。当然帝王之都,江山宏丽,但论到在这里过日子,感觉似乎就差了一点。何况,孙权定都建业的时候……已经是个有点年老糊涂的君王了。众所周知，孙权晚年做过许多没谱的事。如果我是个建业居民，可能走在街上，就能听见：

"不好啦，主公要放火烧张昭大人的宅子逼他出来啦！"

"不好啦，主公又派使臣去辱骂陆逊啦！"

"不好啦，主公又降顺魏国啦！"

"不好啦，主公又跟魏国闹翻啦，可能要打仗啦！"

"不好啦，主公又嫌虞翻大人说话不中听，把他赶到南边去啦！"

"不好啦，主公的两个公主又吵起来啦……"

最后一件事：在三国时的建业，真不太安全呢。陆逊被孙权折腾死那年："八年春二月，丞相陆逊卒。夏，雷霆犯宫门柱，又击南津大桥楹。"

孙权逝世那年："秋八月朔，大风，江海涌溢，平地深八尺，吴高陵松柏斯拔，郡城南门飞落。"

又是打雷，又是大树满天飞，想起来都害怕呀……

魏国的首都,是洛阳……微妙的是,曹丕定都洛阳后,要求从冀州迁十万户到河南,辛毗力争,才减为一半。怎么,他还嫌首都人少?答:洛阳当时,"都畿树木成林",这可不是说洛阳绿化好:古代,荒芜的地方,才树木遍生呢。

这里说来话长了。

曹操最初给东汉定的首府,众所周知是许都。因为东汉末董卓烧了洛阳城,首都残破,许都地近颍川,是曹操,确切说是荀彧宗族势力的根本,万事方便。所以汉献帝和荀彧在许都定下了。

妙在曹操后来平了河北后,开始在邺培植自己的势力。又是造铜雀台,又是收集文人群,加上求贤令,荀彧死后,颍川派式微,曹操在邺等于有了第二中央。汉献帝因荀彧的死而被彻底架空后,邺成了曹魏的实际首都。

曹操一死,曹丕继位,接受了汉朝禅让,自然就得去洛阳了:洛阳是汉都嘛。虽则如此,曹丕还是有点心思,对许都。《元和志》曰:"魏迁都洛阳,宫室、武库犹在许昌。"对邺,则是恨不得搬空那里的名流富户,都搬到洛阳来,好管理。

一个微妙的细节是：曹丕其实也有点迷信，"七年春正月，将幸许昌。许昌城南门无故自崩，帝心恶之，遂不入"。对许昌这个带点阴影的都城，曹家的感情挺矛盾呢。

生活在三国时的洛阳好不好呢？好，也不好。好的方面是，魏明帝们也是建筑狂魔：他老人家在洛阳大造宫殿，耗费人力，把个洛阳南北宫重建得华美璀璨。不好的方面是，如果我是个平民，则这些建筑关我甚事，说不定还要被拉壮丁。如果赶上正始之变，司马懿要求关城门、戒严，准备弄死曹爽搞政变了，我还得吓得屁滚尿流一番。虽然魏晋之时，洛阳街上可能看得见何晏、嵇康、阮籍这类才子服完五石散到处晃，还能听他们朗诵诗歌，但还是太不安全了——还是住到远离是非的地方好啊。

所以啦，如果可以选择，我大概还是住在成都为妙。战乱少（只有公元264新年那一次），气候好，秩序佳，建筑妙，治安出色，宰相靠谱，吃的穿的都够。如果赶上早年，还能轻易收集到五虎将除了关羽之外的签名，多棒啊。

说简雍那个梗。为什么我和我女朋友走在街上,容易被简雍喊"快把那个淫贼张佳玮捉起来"呢?

时天旱禁酒,酿者有刑。吏于人家索得酿具,论者欲令与作酒者同罚。雍与先主游观,见一男女行道,谓先主曰:"彼人欲行淫,何以不缚?"先主曰:"卿何以知之?"雍对曰:"彼有其具,与欲酿者同。"先主大笑,而原欲酿者。

我喜欢这个故事,是因为:在成都,酒是可以私酿的;刘备和诸葛亮是讲道理又有幽默感的领导;主公和简雍是可以在街上遇到的;男女一起走路是挺常见的——想想,都觉得这场面温煦美好呢。

《汉书》说四川,"俗不愁苦……轻易淫佚……反以好文刺讥……"。《隋书》说四川,"敏慧轻急……多溺于逸乐……不离乡邑……女勤作业,而士多自闲,聚会宴饮,尤足意钱之戏"。即,四川人乐观,轻佻,嘴巴狡,敏慧,急躁,贪玩,爱故乡,姑娘勤快,爷们好吃好玩。三国时的成都,大概也是如此吧?

兄弟不能成兄弟

齐景公问孔子,怎样才算是好政治。

孔子说:君君臣臣父父子子。

乍听仿佛是圣人犯口吃,细想却道理深邃。君该像君,臣该像臣;父亲像父亲,儿子像儿子。

听来很简单。但到乱世呢?

比如,三国。汉献帝被董卓、李傕郭汜、曹操先后挟制,君不为君。

董卓、曹操、曹丕、司马昭,臣不为臣。

孙权第四子孙霸,是被孙权亲手赐死的。父不能为父。

刘琦得躲出去以免被后妈家族给搞定。子不能为子。

以及最荒诞的一件事:兄弟不能为兄弟。

曹操考虑立嗣的时候,问贾诩的意见。贾诩何等机灵?装腔作势不吭声。曹操急了:你倒是说句话啊!

贾诩:我想事儿呢。曹操:啥事儿?

贾诩:我在想袁绍、刘表父子的事儿。

众所周知,袁曹决战,是官渡。但其实此战之前,是袁绍攻势,曹操守势。袁绍战败北归,河北四州还在他手里。曹操不过是熬过了被灭亡的命运。真正决定性的,是官渡之后一年多,袁绍死去。三个儿子——袁谭、袁熙、袁尚——开始互相残杀。残杀到最后,被曹操一锅端,北方平定。

刘表的两个儿子刘琦与刘琮。刘琦跟刘备站一起,刘琮是蔡氏那一边。势不两立,最后刘琦这方算是赢了——虽然也没落啥好处,他一死,荆州就正式归了刘备。

亲兄弟,杀成这样,让人倒吸一口凉气。当然,曹操自己,最后也没落什么好处:曹植曹丕,七步成诗;曹彰一度还要率师勤王——乱世里,兄兄弟弟,就这样了。

为什么要残忍到这一步呢?不杀兄弟,就过不下去吗?

贾诩在张绣手下时,拒绝过袁绍的劝降。原话是:"归谢袁本初,兄弟不能相容,而能容天下国士乎?"

——回去跟袁绍说,你们兄弟(袁绍与袁术)都不能相容,还能容天下国士吗?

其实这话,是有些苛责了。贾诩纵横天下,跟过主子多了,什么兄弟相杀没有见过?乱世里兄弟相杀的缘由,他自己最懂了。当年董卓一死,李傕、郭汜都想流亡算了,贾诩却劝他们说:"诸君弃众单行,即一亭长能束君矣。不如率众而西,所在收兵,以攻长安,为董公报仇,幸而事济,奉国家以征天下,若不济,走未后也。"

——你们如果一个人撤了,一个亭长都能绑了你们;不如收罗大队人马去打长安,为董卓报仇;走运的话成了功,就好嘛!

曹操后来在《让县自明本志令》里,说得更明白了:"然欲孤便尔委捐所典兵众以还执事,归就武平侯国,实不可也。何者?诚恐己离兵为人所祸也。既为子孙计,又己败则国家倾危,是以不得慕虚名而处实祸,此所不得为也。"

——有人想让我放弃兵权,回去当我的武平侯,不可以。为啥?

一旦我没了兵权,就会被人祸害。我为了子孙着想,加上我一死国家就要颠覆,所以,不能为了"不好权位"的虚名,让自己处于危险之中。

这就是乱世。所谓兄弟,意味着有继承权。继承权就是权力。权力就是杀戮的能力。乱世里,身怀利器,杀心自起。你不杀人,人便可能杀你了。

孙策纵横江东,开辟基业,实为东吴开国之主。临死前江山交托给孙权。妙在孙权后来,追封孙策做长沙桓王,孙策的儿子孙绍封了吴侯,后来是上虞侯。陈寿对此颇有微词:孙策创立基业,说是东吴的开国之君也不为过;儿子只封侯爵,孙权真是渣呀……

但如果细想一下:国家大事,在于名正言顺。如果孙权轻易地给孙绍封个王什么的,以东吴派系的扰乱,天晓得闹出什么来,所以,不如让他低调一点算了。事实就是:孙绍封了侯,太平过了一世,他的儿子,也就是孙策的孙子孙奉,在东吴末代君王孙皓时,一度被人捧起来,认为他有继承权——当然就被孙皓杀掉了。

这就是乱世。有继承权的人都危险,所以,必须下手狠。

前头说，贾诩认为袁绍兄弟不相容，去跟了曹操。但曹操在兄弟这件事上，很有趣：

曹操与夏侯惇是从父兄弟，于是，"建安二十四年，太祖军于摩陂，召惇常与同载，特见亲重，出入卧内，诸将莫得比也"。夏侯惇是可以随意出入曹操卧室的。

其他呢？曹仁是曹操从弟。于是曹仁去拜见曹操，让许褚帮忙喊一下，许褚干巴巴地给他一句"大王快要出来了"，就把曹仁扔那里了。曹仁当然不爽。许褚还有理由："曹征南虽然是亲贵，却是外藩；我是内臣。他要跟大王聊就聊，进房间干嘛？"

兄弟跟兄弟，那也是不同的。

到最后，三国真正靠得住的情谊，不是兄弟血缘，而是意气相投。马良在书信里，称呼诸葛亮为"尊兄"，很可能他俩情投意合，私下里拜过把子。马腾和韩遂是有兄弟之约的，他们也确实在西北大搞叛乱，韩遂对马超也算不薄。

说到兄弟，没法避开的一个细节是：刘关张。

历史上，刘关张三人是否真的桃园结义，已经没必要深究了。史书没提桃园结义这么浪漫的故事，但是，"先主与二人寝则同床，恩若兄弟。而稠人广坐，侍立终日，随先主周旋，不避艰险。"

"随先主周旋，不避艰险"，这几个字，包含了刘关张三人多少年的周折奔波？他们简直有了心灵感应。张飞死时，手下给刘备递去表章。刘备一听说有表来奏，第一反应是：

"噫！飞死矣。"

魏国群臣，一度并不相信刘备真会为了关羽之死，而去征讨孙权。只有刘晔——他自己也姓刘，也是汉室宗亲，了解刘家人的想法——如是说："关羽与备，义为君臣，恩犹父子；羽死不能为兴军报敌，于终始之分不足。"

刘关张到底有没有过"不求同年同月同日生，但求同年同月同日死"的誓言，不重要了。他们在一起奔走近四十年。到公元220年二月，关羽逝世。一年后张飞被刺。又两年后的夏天，刘备死于白帝城。

历史上有那么多无法成真的诺言，只有他们，算是用生命，来践行了这段友谊。

在一个兄弟都无法彼此信任，意气比血缘更珍贵的时代。

总有些东西，是被坚守着的。

在《三国演义》里，刘备与关、张一起三顾茅庐。其中第二顾，是一个雪天。刘备和关、张第二次去卧龙岗。村野酒店有二人唱歌，一首是赞美姜子牙渭水同车的事，一首是赞美郦生折服刘季的事。刘备问二人来由，自说是石广元和孟公威。然后：

> 玄德喜曰："备久闻二公大名，幸得邂逅。今有随行马匹在此，敢请二公同往卧龙庄上一谈。"广元曰："吾等皆山野慵懒之徒，不省治国安民之事，不劳下问。明公请自上马，寻访卧龙。"

刘备时年四十七岁，从三十岁到四十岁算风光过一阵，当时在荆州当个县级干部，差不多五六年；关羽时年——依演义说法——四十五岁，七年前辞掉了官方委派的侯爵和将军职，选择在县长手下管武装；张飞时年四十岁，在小县城也苦闷久矣。

他们三人都名闻天下，但都不算如意。在四十来岁时，谁都不知道自己的将来，不知道自己波澜壮阔的人生高潮，要在一年之后才开始。

许多年后，刘备在五十四岁时坐拥两州领地，关羽在近六十岁时威震华夏，张飞在死前会受封为车骑将军。

他们要去寻访的那个二十七岁的山东青年，会把此前的时代走向完全更改——至少在小说里是如此。千年之后，他和北方那位大他二十六岁的霸主，算这个时代最杰出的两位豪杰。但是呢，司马徽已经说了："卧龙虽得其主，不得其时，可惜。"

那时，刘备、关羽和张飞都还不知道自己的人生要产生如何重大的转折。只是，按照罗贯中编写的那个浪漫传说，在那个酒店里，他们还来得及喝一杯酒。他们谁都想不到，自己会在困顿大半生后，在未来十三年，创立三分天下奇迹，他们这时还窝在一个县城，两个万人敌，一个枭雄姿。

之所以还能彼此不离不弃，只因为他们有这么一段共同记忆：促使他们在一起的，不是血缘或富贵，而是一些最朴素、最高贵的理想。

桃花。春风。香枝。青烟。大概是晴天吧。大概有叶影吧。

念刘备、关羽、张飞,虽然异姓,既结为兄弟,则同心协力,救困扶危;上报国家,下安黎庶。不求同年同月同日生,只愿同年同月同日死。皇天后土,实鉴此心,背义忘恩,天人共戮!

当!三碗酒撞在了一起。

大时代从此展开自己的篇章。

命运的玩笑

曹操56岁，位极人臣之际，在《让县自明本志令》里，如是说：

孤始举孝廉，年少，自以本非岩穴知名之士，恐为海内人之所见凡愚，欲为一郡守，好作政教，以建立名誉，使世士明知之；故在济南，始除残去秽，平心选举，违迕诸常侍。以为强豪所忿，恐致家祸，故以病还。

去官之后，年纪尚少，顾视同岁中，年有五十，未名为老。内自图之，从此却去二十年，待天下清，乃与同岁中始举者等耳。故以四时归乡里，于谯东五十里筑精舍，欲秋夏读书，冬春射猎，求底下之地，欲以泥水自蔽，绝宾客往来之望。然不能得如意。

后征为都尉，迁典军校尉，意遂更欲为国家讨贼立功，欲望封侯作征西将军，然后题墓道言"汉故征西将军曹侯之墓"，此其志也。而遭值董卓之难,兴举义兵。

——简单说吧:我年轻时,就想当个太守,反腐倡廉;得罪了人,辞职回家;后来当了兵,就想着能到征西将军,得封个侯,就满足了。后来经历了董卓之难,兴举义兵。

——当然后面还有大段,言简意赅地说,"我一个做梦想当征西将军的人,怎么就成了宰相了呢?"

虽然有些虚伪,但这段话却也不错:曹操年少时,是有报国热血的。

当日关东诸侯讨董卓,军马聚齐,迁延不进。曹操大怒,说"竖子不足与谋",独追董卓,兵败而回。袁绍们不追董卓,意思很明白:灭了董卓后,天下怎么瓜分呢?曹操却没想那么多,还指望"一战而天下定"。如果曹操早存天下之心,这时就不该做出头鸟冒生命危险。

我们甚至可以猜测:曹操是看破了关东诸侯的厚颜无耻,一腔热血才冷了,才成了我们所知的奸雄,挟天子以令诸侯,然后在《蒿里行》里愤慨:"关东有义士,兴兵讨群凶。初期会盟津,乃心在咸阳。

军合力不齐,踌躇而雁行。势利使人争,嗣还自相戕。"

当然,他到死之日,终于也没有篡夺汉室,却是他的子孙得了中原。

与曹操一起,奋力朝董卓而去的,还有一人,便是孙坚。

孙坚与董卓诸将大战,并拒绝了董卓的和亲,势不两立。董卓焚洛阳掘皇陵而去,孙坚去修缮陵墓、规复宗庙,回军鲁阳。此时此刻,孙坚真可说是青天白日朗朗乾坤之下,汉朝第一位大忠臣。与曹操一样,都是一心跟董卓拼命,没想着坐收渔利。

结果我们也知道:孙坚的子孙也得了三分之一天下。一心算计的诸侯们最后身死国灭,两个最初都没什么野心的热血青年最后开疆裂土。

这个结局,怎么看都是命运的玩笑。曹操在铜雀台上睥睨天下,午夜梦回之际,还想得起在洛阳时,那个棒打奸邪、为汉朝除残去秽的青年么?

而那时,当年与他一起剑指董卓的孙坚已归黄土,孙坚的子孙们则割据东南,成了曹操最难啃的骨头。

时也命也,只能一笑而已。

061　单挑最强三人组
071　定军山与夏侯渊
079　姜维死,汉亡
085　虚虚实实的猛将们
095　武圣关羽,威震华夏
123　于禁,一场大雨,三十年
133　张辽,八百破十万
145　正史的吕布与流行文化里的吕布,已经不是一个人了

单挑最强三人组

《三国演义》论单挑,众说纷纭。民间说法,有"一吕二马三典韦,四关五赵六张飞",又有"一吕二赵三典韦,四关五马六张飞"。又有所谓"前表吕布,后表赵云"、"前表吕布,后表马超"两说。

小说里,偏偏细节矛盾颇多。比如关羽速斩颜良,三合斩文丑,赵云五十合战平文丑;关羽三十合拿不下纪灵,张飞十合斩纪灵;颜良二十合败徐晃,关羽速斩颜良却八十合平徐晃,张飞马超战平,马超击败张郃,张飞却与张郃战过百合云云。又诸葛亮说张飞马超赵云当并驱争先,不如关羽逸伦超群之类。真是眼花缭乱。各家评书说法不一,民国时《反三国演义》作者周大荒就钦点许褚天下第四。

大致可以推定的是,小说里吕布第一,此后关张马赵典许颜文庞黄们各自都平手过,只好细细排座次。再下面二张徐甘太周魏大家闹,不提。

然而《三国演义》又有好习惯,喜欢分组办事。于是动不动就两位将军一起出阵:关兴张苞、韩当陈武、蒋钦周泰、丁奉徐盛、于禁李典、曹仁曹洪、徐晃张辽、王平张嶷、廖化张翼、颜良文丑、张郃高览、魏续宋宪……这都是哼哈二将,联手出去做活,虽然并不用来单挑。这配对都有定规,比如,派魏延黄忠、关平刘封一起出去,感觉挺有谱,如果让赵云糜芳、关羽冯习一起,怎么着就是感觉不对。

这一点,却是中国戏曲和评书的习惯。比如包龙图在公堂上一坐,左右摆开王朝马汉张龙赵虎,听着舒服;如果是王朝赵虎,马汉张龙,这就有种"同学会同学会,拆散一对是一对"之感了。

当然双人组上阵打仗,并不是一加一等于二的。张飞虎牢关前战吕布,五十合不分胜负;关羽出来帮忙,也不过就是"战不倒吕布",虽然是有上风了,但优势并不如我们想象的那么明显。

甚至还有狼狈的:当日徐晃张辽二将出马战文丑,文丑抬手一箭,先撂倒张辽坐骑,再追着徐晃打,眼看要一胜二了,关羽过来,三回合打跑文丑,一刀斩了——虽则如此,文丑先前,至少也威风过了:

整个三国,能瞬间把徐晃与张辽组合打趴的,也就他有这表现。

三人组呢?最有名的,自然是虎牢关三英战吕布。但一般公认,这场刘备是去捡现成。按《三国演义》罗贯中原本二百四十回:

> 刘玄德看了,心中暗想:"我不下手,更待何时!"掣双股剑,骤黄骠马,刺斜里去砍。这三个围住吕布,转灯儿般厮杀,八路人马都看呆了。吕布架隔遮拦不定,看玄德面上刺一戟,玄德急闪,吕布荡开阵角,倒拖画戟,飞马便走。

刘备这个"我不下手,更待何时",后来被刘备崇拜者、清初毛宗岗删了。细想这意思挺明白。刘备看出来了:吕布是被压制了,这时上去,既没危险,还能露脸,多好!当然吕布最后,还是靠刺玄德来找出破绽,拍马逃走的。刘备上去,收效那真是微小得很。

其实整本书里,吕布还输过一回。当日在濮阳:

> 阵才圆处,吕布出马横戟,大骂:"操贼!杀吾爱将!"许褚便出。斗二十合,不分胜负。操曰:"吕布非一人可胜。"便差典韦又出,两将

夹攻；左边夏侯惇、夏侯渊，右边李典、乐进齐到，六员将杀得吕布遮拦不住。

按说许褚与典韦同级，二夏侯也算猛将，可能许、典和一个夏侯，也够让吕布喝一壶了。但曹操这里仗着人多，六个人围着打，赢了。我猜罗贯中的私心一定是：三英才赢了吕布，如果让你曹家三个人赢了吕布，显不出桃园结义三人组的厉害来了！

那么，最强的三人组是谁呢？

当年吕布辕门射戟时，曾跟纪灵说话：我射中时，要听我的；你不听我劝，我就和刘备联手打你们袁术家。

我少年时读书至此，私心里还挺希望纪灵不听话的：那时，就能见着吕布、关羽、张飞联手了！那还不得天下无敌啊！

当然，之后确实也发生过刘、曹、孙、吕四家联手围攻袁术，但吕关张到底也没真在一个部队里呆过，可惜可惜。

曹魏最猛的三人组，理论上自然是许褚加典韦加其他某人，可惜从未能实现。当日曹操在下邳对付关羽时，排过这么个阵：

虎牢關三戰呂布

次日，夏侯惇为先锋，领兵五千来搦战。关公不出，惇即使人于城下辱骂。关公大怒，引三千人马出城，与夏侯惇交战。约战十余合，惇拨回马走。关公赶来，惇且战且走。关公约赶二十里，恐下邳有失，提兵便回。只听得一声炮响，左有徐晃，右有许褚，两队军截住去路，关公夺路而走，两边伏兵排下硬弩百张，箭如飞蝗。关公不得过，勒兵再回，徐晃、许褚接住交战。关公奋力杀退二人，引军欲回下邳，夏侯惇又截住厮杀。公战至日晚，无路可归，只得到一座土山，引兵屯于山头，权且少歇。曹兵团团将土山围住。

之后就是土山约三事了。从结果看，许褚、徐晃和夏侯惇虽然没能活捉关羽，却也没让他走了，确实是极厉害的一个三人组。

东吴很可惜，小说里排不出顶尖猛将。孙策和太史慈不分轩轾，但他俩找不出一个第三者搭档。孙策死后，太史慈在东吴更是形单影只，不像徐盛丁奉、蒋钦周泰，老是并肩联手出任务。按对东吴的描写，则孙策、甘宁、太史慈、周泰差不多是四大猛将了，可惜四人就是从来不组队，可叹。

吕布麾下猛将如云，他自己如果没事和张辽、臧霸组队出去厮杀，着实可以横勇无敌。但您大概也发现了：但凡书里有吕布出兵，都是亲自当先，没手下人什么事，素不与人联手。

孟获手下，董荼奴、阿会楠、金环三结之类，就不提了。

那么，《三国演义》最强的三人组，难道就真是刘关张了吗？

嗯，咱们有一组久被低估的，最强三人组：西凉三人组，马超、马岱、庞德。

这三位征伐曹操时，是一个部队的，而且时不常就集体出任务，众所周知。彼此感情，也算不错。

且说这三位单拆开来，那是什么战斗力？

马超曾经杀得曹营毫无办法，曹操甚至说"马超不减吕布之勇"，虽然是激将法，意思是到了的。之后马超大战张飞，挑灯夜战，不分胜负。

庞德在汉中，曾经一个人战夏侯渊、张郃、徐晃和许褚，车轮战，没落下风；和许褚是打了五十来合，够强横了。之后樊城，与老年关羽战过百合，很了不得。当然庞德有缺点：他和关羽、许褚也是打几十上百合,打关平也是几十合,属于赢不了别人,但也输不了的人物。

即马超加庞德,约等于关羽加张飞了。

再就是马岱了。

众所周知,马岱斩过魏延——好吧,那是背后偷袭。

但马岱的真实水准如何呢?小说原文里如是写:

魏延要夺张飞头功,乘势赶去。前面一军摆开,为首乃是马岱。魏延只道是马超,舞刀跃马迎之。与岱战不十合,岱败走。延赶去,被岱回身一箭,中了魏延左臂。延急回马走。马岱赶到关前,只见一将喊声如雷,从关上飞奔至面前。原来是张飞初到关上,听得关前厮杀,便来看时,正见魏延中箭,因骤马下关,救了魏延。飞喝马岱曰:"汝是何人?先通姓名,然后厮杀?"马岱曰:"吾乃西凉马岱是也。"张飞曰:"你原来不是马超,快回去!非吾对手!只令马超那厮自来,说道燕人张飞在此!"马岱大怒曰:"汝焉敢小觑我!"挺枪跃马,直取张飞。战不十合,马岱败走。

马岱与魏延打不十合就走,翻身一箭得手。有理由相信他是诈败。当然，与张飞再打，力气不佳退走，但想想：他前面可跟魏延打过十合了。再说败给张飞，也不算丢人——纪灵当年，还不是不过十合，被张飞一矛挑了？

所以了，马超、庞德、马岱联手，约等于，张飞、关羽加一个小魏延。

发挥一下想象力：如果关羽、张飞、刘备对阵马超、马岱、庞德，会是如何？

却说刘备引军入蜀。那厢蜀中刘璋修书，割十州之地与张鲁，请得西凉军马，两军会于葭萌关，扎定阵脚。

张飞出马喝曰："认得燕人张飞么？"马超曰："吾家世代公侯，岂识山野村夫！"张飞大怒，骤马挺矛便刺。马超挺枪敌住，二人双枪并举，二十合不分胜负。

庞德心急，拍马出阵，喝曰："张飞贼子，休得无礼！"门旗下关羽觑见，只恐张飞落单，急舞青龙偃月刀，纵赤兔马而来，敌住庞德。交马不三合，二人各自称奇。云长思曰："庞令明刀法娴熟，真吾敌手。"庞德暗道："人言关羽英雄，果然刀快势沉，堪堪抵敌得住！"

刘备见二弟俱出,独在门旗下观战;马岱见了,心道:"何不径取刘备?"舞刀便出。刘备大惊,掣双股剑抵挡,无五七合,看着抵挡不住,拍马败走。关羽、张飞见了,恐兄长有失,各自虚晃一招,跳出圈子,护着兄长便走。马超、马岱、庞德哪里肯舍,转过山脚,忽见前面一员小将,头戴三叉束发紫金冠,身披兽面吞头连环铠,手持方天画戟,喝曰:"贼子休追吾父!"舞戟而来。马超迎着,战不三合,招架不住,庞德、马岱情急,舞刀前来夹击。那小将酣战三人,略无惧色。马超看着胜不得那将,跳出圈子,喝道:"小将报上名来?如此一身本领,何不径归蜀地,却要保刘备?"

那小将喝道:"吾姓刘,名禅,字公嗣,刘备乃吾父也!何言背叛归蜀?且此间甚乐,不思蜀也!"

定军山与夏侯渊

一般认为,中国第一部电影,乃是北京丰泰照相馆制作、京剧大宗师谭鑫培先生主演的《定军山》,1905年播出。谭先生时当花甲,演了黄忠。大概剧情天下皆知:蜀汉老将黄忠、严颜二老出战,打跑了曹家名将张郃,孔明用激将法,让黄忠请缨攻打定军山,最后斩了曹军大将夏侯渊。这算是民间传说版本的夏侯渊之死。

然而——

历史上的夏侯渊之死,又不同些。

历史上,定军山之战,在公元219年,是曹操刘备争夺汉中战役的一部分。曹家那边的夏侯渊,不只是定军山的负责人,也是汉中战役的负责人,更可说是曹操西线第一领导人,死时是征西将军。

当时征南将军曹仁负责南线,在夏侯渊死后不久被关羽围困在樊城。东线都督诸军则是曹操第一亲贵夏侯惇。

汉中又是什么地方？若将古代中国看成棋盘，山河形势，可以井字形分九块。

左上角关中，右上角河北；左下角巴蜀，右下角江东。是四个角。适合割据一方。

上山西、下荆楚、左汉中、右山东，是四条边，属于枢纽战争之地。

当时刘备占的是左下角的巴蜀和下边的荆州，要夺下左边的汉中，才能保证巴蜀的安全，并取得向西北与中原进军的屏障。反过来，曹操一旦失了汉中，也是大麻烦。

故，夏侯渊在定军山战死，乃是以曹操手下三大方面军的性命、汉中一个巨大地盘的得失为赌注的。

三国历史上，亲身战死的武将，确实不少。颜良文丑、张郃郭援，等等。

但死在最前线的方面军总司令呢？

三国历史上，没有比夏侯渊更大牌、干系更大的了。夏侯渊的死，定军山一战的败北,也几乎意味着刘备得到汉中,从此蜀汉保有汉中长达四十年以上,直到灭亡前夕。

所以,夏侯渊的死——

类似于关羽之死之比荆州归吴,官渡之战之比曹兴袁衰,赤壁之战奠定三分格局,是一方大事。三国历史上,类似的"一个将领的死亡代表着一方区域归属"的,差不多就关羽和夏侯渊两个人。

其历史过程,当然也不像戏曲那么简单。

刘备用黄权之计,派遣黄忠、魏延、赵云、刘封等,破巴东巴西,另派张飞与马超攻武都。

曹家这边,夏侯渊带张郃、徐晃、曹洪、曹真等,分别迎击。

请注意下:刘备方面,除关羽镇守荆州外,名将悉数到齐。

曹操方面,曹洪是未来的骠骑将军,曹真是未来的大将军,曹操的五子良将——张辽、于禁、乐进、张郃、徐晃——到了两个,还不算未来的车骑将军郭淮和未来的大司马曹休。这对决阵容,堪称鼎盛了!

曹洪破吴兰,张飞马超退走,同时刘备与夏侯渊对峙,陈式又被徐晃击败。刘备攻张郃不下,要援兵。诸葛亮在成都发援兵。当时的成都，其实很艰难，但杨洪劝诸葛亮，"若无汉中则无蜀"，拼了。

曹操到长安坐镇遥控。夏侯渊与刘备相持近一年。刘备渡沔水，依定军山立寨。夏侯渊与张郃来战。双方主帅靠近。

刘备夜烧曹军鹿角。张郃守东，夏侯渊守南。刘备攻张郃，张郃不行了，夏侯渊分一半兵给张郃，自己还亲自去补鹿角，加强防御。刘备谋士法正看准时机，认为可以出击，刘备让黄忠擂鼓强攻，阵斩夏侯渊。

此后，汉中之战之后又磨叽了很久，但主动权就此归刘备了。

历史上，黄忠凭此一战斩夏侯渊，直升到后将军，与关、张、马三人并列。功劳大到关羽都口出怨言了。

夏侯渊的分量，可以想见。

诸葛亮后来的《后出师表》，有说法认为是伪作，但里面的事儿不假。称颂刘备功绩时，如是说："然后先帝东连吴越，西取巴蜀，举兵北征，夏侯授首，此操之失计，而汉事将成也。"

即，在当时看来，夏侯渊死，是堪与东连吴越、西举巴蜀这两件事，在同一句话中并列的历史事件。

聊聊夏侯渊。

曹操时期，诸将是分等级的。曹操本家的夏侯惇、夏侯渊、曹仁、曹洪，这算是几个方面将领，是司令。下面又有五子良将，即张辽、乐进、于禁、张郃、徐晃，又有李典、朱灵、吕虔、李通等诸将。

在所谓"诸夏侯曹"里，夏侯渊的战绩很漂亮，只有曹仁可比。如果以足球打个比方，则夏侯渊是长途奔袭型前腰。

曹仁是善于突进又能防守的后腰。这俩都是教练兼队员。

张辽是拖后前锋。乐进是抢点型前锋。于禁是沉稳型自由人。张郃是智慧型组织者。徐晃是不犯错型中前卫，这五个都是纯球员。

夏侯惇是俱乐部老板的弟弟。曹洪是俱乐部老板足球宝贝团负责人。夏侯渊擅长客场作战，刷一些小联赛球队赢了许多球，最后跟强队踢时输了。

除了在汉中驻守外，夏侯渊在其他地方，都有功绩：在庐江、在太原、在渭水、在安定，塞北江左，到处作战。论其全面性，曹魏首屈一指。

最华丽的战绩，当然是镇定西北。

好玩的是，夏侯渊死前死后，待遇完全不同。他平定西北时，曹

操如是说:

宋建造为乱逆三十余年,渊一举灭之,虎步关右,所向无前。仲尼有言:"吾与尔不如也。"

——虎步关右,所向无前,我也不如你啊!曹操真会夸人。

等夏侯渊一死,《魏武军策令》又来了:

夏侯渊今月贼烧却鹿角。鹿角去本营十五里,渊将四百兵行鹿角,因使士补之。贼山上望见,从谷中卒出,渊使兵与斗,贼遂绕出其后,兵退而渊未至,甚可伤。渊本非能用兵也,军中呼为"白地将军";为督帅尚不当亲战,况补鹿角乎?

——夏侯渊带四百个兵去补离本营十五里的鹿角,被刘备那边的人看见了,冲出来打,夏侯渊就带四百兵跟对面打;刘备那边的人抄他后路,把他弄掉了。夏侯渊本来不太会带兵,军中叫他"白地将军"。一个元帅都不该亲自出战,何况去补鹿角?

话说,夏侯渊这人确实剽悍,有点虎。当年立大功,靠的是虎,行

军号称"三日五百,六日一千",速度快。最后战死,也是因为虎。一个元帅级别,还冲在最前面。但曹操这评价前后不一,也真有趣:有功,便夸"所向无前",死了,就说"不当亲战"。说来说去,都是为了士气:褒扬有功的,贬责死了的,才能继续打仗啊。

一个跟主题无关的传说:谭鑫培先生唱《定军山》,扮黄忠特别牛。

余叔岩先生是他弟子。有一次,余先生伺候谭先生烟,就问师父,舞刀花怎么能不撩到护背旗。

谭先生假装没听见,不说。

过了会儿,谭先生忽然问:听说你新得了荔枝味的鼻烟?

余先生多机灵啊,赶紧说,正预备献给师父呢,回家取去。

回家拿了献上了,还送了个鼻烟壶。

谭师父闻了鼻烟,好。心满意足。

一会儿谭先生就说:刚才你说舞刀花是吧?我来教你,是这么回事……

姜维死,汉亡

姜维,字伯约。蜀汉最后一任大将军。

对他最好的描述,大概是:死士。

姜维很有才具,口碑极佳。正史里,诸葛亮夸他忠勤时事,思虑精密,对军事很有感觉,有胆有义,心存汉室——这是自己人的夸法。

钟会写信劝降时,说姜维文武之德、迈世之略,是吴国季札一类的人——这是正面吹捧。

私下里,钟会认为,中原名士,比如夏侯玄、诸葛诞,那都压不过姜维。钟会自己是司马昭的秘书,年少早达,什么人都见过了,还对姜维一见倾心如此,姜维魅力可见。

邓艾和姜维是老对手了。他自己偷渡阴平,灭亡了蜀汉,太得意了,自我吹嘘:姜维自然是一时之雄杰,只是恰好遇到了我!——连自吹时,邓艾都没看轻姜维。

姜维的为人,很有趣。

论私德,郤正说姜维身为上将,却住着弊薄的宅院,家里没钱没妾没有声色娱乐,薪水随手花掉。他甚至都懒得表现"兄弟我很清廉",而是在生活上无欲无求,好学不倦,清廉简朴。

但这并不意味着姜维心如止水,宁静致远。相反,姜维心比天高。他没有物欲,只一心在追求自己的目的。大体可以说:姜维是个不在乎日常生活欲求的,彻底的理想主义者。

《三国演义》说,姜维继承诸葛亮遗志,九伐中原,其实算起正史上,姜维前后北伐,有十一次之多。

北伐,有胜有败,但其执着,至少不必怀疑。

后世对姜维的一个大争议,是他出兵太多,"穷兵黩武"。然而诸葛亮逝世后,蜀汉又存在了二十九年,其中十二年蒋琬主持,七年费祎主持。姜维为大将军是十年。费祎主政时,每次姜维兴兵,不超过一万人。这也是后世许多人猜测,费祎被魏国刺客刺杀,可能是姜

维的主意——费祎死的那年，姜维就兴兵数万北伐了。

那时候，姜维应该是大有翻然翱翔、不受羁绊之意吧。

蒋琬和费祎秉政时，曹魏那边并不太平：魏国曹芳登基，是在公元240年；九年后司马懿政变；又五年后司马师废立皇帝曹芳，立曹髦为皇帝；中间夹杂着著名的淮南三叛。这是曹魏大乱的时候，但蒋琬和费祎都没太把握住机会。姜维秉政时，面对的是已经稳固了、大致掌握了政权、可以擅自废立的司马氏了。实际上：那年姜维已经五十二岁了。

姜维，一个五十二岁的陇西降将，和蜀汉内部关系也算不上太融洽。他有才华，私德也没什么可挑剔的，落在他手里的，则是一个连诸葛亮都无法逆转的大局面，以及朝内不断的斗争。曹魏那边在不断诱惑他投降。

这么个局面，到最后，蜀汉终于也没亡在姜维手里——魏国三路大军压境，两路专门来对付他。姜维身在沓中，被邓艾围裹阻拦，到底还是虚晃一枪，杀过了阴平桥、晃过诸葛绪、回到剑阁、守住了钟会。那时，他一个人，一支军队，几乎把魏国的西征计划摧毁了大半，逼得邓艾行险侥幸,偷渡阴平。

到邓艾取下成都,刘禅出降,钟会在剑阁,还是动不了姜维。

本来,到此为止,哪怕就这样结束,姜维也算为汉尽力了。

然而在蜀汉灭亡后,姜维还是筹划着那著名的复兴大业:

他利用钟会的野心,说服了钟会;利用钟会与邓艾的矛盾,囚禁了邓艾,给刘禅的秘奏里,如是说:

"愿陛下忍数日之辱,臣欲使社稷危而复安,日月幽而复明。"

好大胆的计划,好决绝的计划。姜维企图以一己之力,逆天改命。

最后众所周知:计策未成,但一日之内,姜维拖死了钟会、邓艾和他自己,好歹也算是,熬到了蜀汉的最后一刻,然后以身殉之。

一个人要执着到什么程度,才能在如此漫长的时间里,在如此狭窄的夹缝中,在如此难以逆转的大势下,五十多岁到六十岁的年纪,不断冲击命运?仅论执着与刚烈,姜维实在还胜过诸葛亮。

他没有诸葛亮那么大气,但不失为一个死士:无欲无求,只是朝着自己的目标冲刺。

后世眼中，前三国所以比后三国传奇，不在于后三国人才凋零；实际上，后三国极多文武全才的人物，但大多都太聪明。

姜维之杰出，未必在才情——虽然钟会也承认他了不起——只是他的行为做派，有前三国时，那些屈而不挠、执着至极、燃烧至死的性格光彩。他有缺陷，但依然为汉朝燃到了最后。

千年之后，南宋临安开城投降，名将张世杰扶保幼主，辗转南奔，甚至在海上结起船队，立了海上朝廷。元朝与宋崖山战后，宋朝最后的皇室悉数死去，张世杰依然不死心，带着自己的军队，企图找新的法子延续宋朝；后来大风起，张世杰溺水而死。史家说：

舟遂覆，世杰溺焉。宋亡。

是张世杰这样不屈不挠、扶保宋朝的人死了，宋朝才算灭亡了。

于姜维，我们也可以这么说：姜维死，汉亡。

虚虚实实的猛将们

关于兵器,相声里有贯口,"十八般兵器,我是样样精通"。哪十八样呢?刀枪剑戟,斧钺钩叉,鞭锏锤抓,镋棍槊棒,拐子流星;带尖儿的,带刃儿的,带钩儿的,带刺儿的,带峨眉针儿的,带护手盘的,带绞丝链儿,扔的出去的,耒的回来的……

说着真热闹,实际登场的少。

《三国演义》,给兵器定了许多性格。关公青龙刀,张飞丈八矛,赵云长枪,吕布方天画戟,徐晃大斧,典韦双戟,刘备双股剑,马超战张飞时使过的飞锤。齐了。之后《水浒传》,关胜是关羽后代,那必须是青龙刀;林冲号称豹子头还长得燕颔虎须,所以用张飞的蛇矛;吕方当然用画戟。其他李逵的双斧、秦明的狼牙棒、鲁智深的禅杖、武松的双戒刀,那是不用提了。

中国评书文化，是有因循的。自那之后，兵器就有性格啦。评书里，英俊小生不能用大砍刀，得用银枪，显得秀雅；老将爱用象鼻古月大刀、金丝大环刀，显得厚重；鲁莽粗豪比如杨七郎，用蛇矛；搞笑型猛将比如程咬金和胡大海，用大斧。帅气的主角脸比如薛仁贵和薛丁山，用画戟；其他单雄信的槊、尉迟恭的鞭、秦叔宝的锏，都传了下去。当然，还有评书用滥的八大锤：从《说唐》到《薛刚反唐》到《说岳》，必然有天下无敌的使锤小将，从李元霸到薛葵到岳云，都是两杆大锤打天下。

说回三国。

《三国演义》的读者，酷爱对比武功高下。民间有顺口溜所谓"一吕二赵三典韦，四关五马六张飞，七黄八夏九姜维"，也有说"一吕二马三典韦，四关五马六张飞"的。然而正史上，类似交手传奇极少。所以只能看评价了——

论评价，关羽、张飞都很可怕，一般认为，关羽比张飞高一点点：

"世之虎臣"、"熊虎之将"、"飞雄壮威猛，亚于关羽，魏谋臣程昱等咸称羽、飞万人之敌也"。

曹仁、张辽也很厉害，公认魏家头两位：

"傅子曰：曹大司马之勇，贲、育弗加也。张辽其次焉。"

吕布很了得：

"布便弓马，膂力过人，号为飞将。"

董卓则是上一辈的吕布：

"卓有才武，膂力少比，双带两鞬，左右驰射。"

典韦、许褚两位曹操的贴身保镖，也很恐怖：

"典韦，陈留己吾人也。形貌魁梧，膂力过人。"

"许褚长八尺余，腰大十围，容貌雄毅，勇力绝人。"

曹操的儿子任城王曹彰，也剽悍得紧：

"少善射御，膂力过人，手格猛兽。"

张辽是以武力出名的：

"汉末，并州刺史丁原以辽武力过人，召为从事，使将兵诣京都。"

与他并列的名将乐进虽然只有"胆烈"的描述，但陷阵先登，功劳卓著，天天出入敢死队，也是个很能砍杀的人物。

其他也有不少高评价，比如什么勇武过人、骁勇善战、常为先登，但就不如这几位了。

于是只好落实到表现。

马超在小说里，号称"锦马超"，曹操都说"不减吕布之勇"，历史上却似乎没那么威风。正史里并没有"许褚裸衣战马超"，却有段记载：

曹公与遂、超单马会语，超负其多力，阴欲突前捉曹公，曹公左右将许褚瞋目盼之，超乃不敢动。

——曹操出来谈判，马超觉得自己怪不错的，想上去活捉曹操，许褚瞪眼看着马超，马超不敢动了。

相比起来，正史里庞德有"勇冠腾军"的描述，又有亲自斩将记录，说庞德比马超强，大概没什么问题。

吕布的表现，主要是带亲随骑兵冲阵：

布有良马曰赤兔。曹瞒传曰：

时人语曰："人中有吕布，马中有赤兔。"常与其亲近成廉、魏越等陷锋突阵，遂破燕军。

而且吕布还有一次单挑记录:

英雄记曰:郭汜在城北。布开城门,将兵就汜,言"且却兵,但身决胜负"。汜、布乃独共对战,布以矛刺中汜,汜后骑遂前救汜,汜、布遂各两罢。

值得一提的是:正史里吕布单挑时,用的是矛;刺伤了郭汜,但没能致命。

曹仁和张辽的故事有类似处:都是冲到东吴军中来回冲杀一遍,撤退时发现还有部下在阵中,翻身杀回去救出部下。

曹仁:

瑜将数万众来攻,前锋数千人始至,仁登城望之,乃募得三百人,遣部曲将牛金逆与挑战。贼多,金众少,遂为所围。长史陈矫俱在城上,望见金等垂没,左右皆失色。仁意气奋怒甚,谓左右取马来,矫等共援持之。谓仁曰:"贼众盛,不可当也。假使弃数百人何苦,而将军以身赴之!"仁不应,遂披甲上马,将其麾下壮士数十骑出城。去贼百余步,迫沟,矫等以为仁当住沟上,为金形势也,仁径渡沟直前,冲入贼围,金等乃得解。余众未尽出,仁复直还突之,拔出金兵,亡其数人,贼众乃退。矫等初见仁出,皆惧,及见仁还,乃叹曰:"将军真天人也!"三军服其勇。

张辽:

于是辽夜募敢从之士,得八百人,椎牛飨将士,明日大战。平旦,辽被甲持戟,先登陷陈,杀数十人,斩二将,大呼自名,冲垒入,至权麾下。权大惊,众不知所为,走登高冢,以长戟自守。辽叱权下战,权不敢动,望见辽所将众少,乃聚围辽数重。辽左右麾围,直前急击,围开,辽将麾下数十人得出,余众号呼曰:"将军弃我乎!"辽复还突围,拔出余众。权人马皆披靡,无敢当者。自旦战至日中,吴人夺气,还修守备,众心乃安,诸将咸服。权守合肥十余日,城不可拔,乃引退。辽率诸军追击,几复获权。

显然是张辽这一战含金量更高:手斩数十人,斩二将,吓得孙权不敢下来,再往来突刺。所以虽然公认曹仁第一,"张辽其次焉",但张辽这一战的表现,魏国第一。

而关羽则有万军中斩颜良的可怕记录:单骑突进万军阵,独斩颜良。这种事别说三国,千古都罕有。张飞在史书上,"亚于关羽",表现也略次一点,就是著名的当阳长坂桥:

先主闻曹公卒至,弃妻子走,使飞将二十骑拒后。飞据水断桥,瞋目横矛曰:"身是张翼德也,可来共决死!"敌皆无敢近者,故遂得免。

许褚、典韦就可怕了:

一个韦战于门中,贼不得入。兵遂散从他门并入。时韦校尚有十余人,皆殊死战,无不一当十。贼前后至稍多,韦以长戟左右击之,一叉入,辄十余矛摧。左右死伤者略尽。韦被数十创,短兵接战,贼前搏之。韦双挟两贼击杀之,余贼不敢前。韦复前突贼,杀数人,创重发,瞋目大骂而死。

……

粮乏，伪与贼和，以牛与贼易食，贼来取牛，牛辄奔还。褚乃出陈前，一手逆曳牛尾，行百余步……从讨韩遂、马超于潼关。太祖将北渡，临济河，先渡兵，独与褚及虎士百余人留南岸断后。超将步骑万余人，来奔太祖军，矢下如雨。褚白太祖，贼来多，今兵渡已尽，宜去，乃扶太祖上船。贼战急，军争济，船重欲没。褚斩攀船者，左手举马鞍蔽太祖。船工为流矢所中死，褚右手并溯船，仅乃得渡。是日，微褚几危。其后太祖与遂、超等单马会语，左右皆不得从，唯将褚。超负其力，阴欲前突太祖，素闻褚勇，疑从骑是褚。乃问太祖曰："公有虎侯者安在？"太祖顾指褚，褚瞋目盼之。超不敢动，乃各罢。

真论到勇武，怕典韦、许褚这俩保镖级的怪物才是首席。前者可以抡着人当兵器打，一戟碎掉十矛；后者先登无数，而且可以拽着牛走。但这俩都是保镖宿卫，不太能算"将"。

那么，谁更霸气一点呢？

三国之后很长时间，逢猛将常说关羽、张飞。好比三国时期，大家说猛将爱比樊哙一样。

《晋书》:"晋刘遐每击贼,陷坚摧锋,冀方比之关羽、张飞。"

《齐书》:"齐垣历生拳勇独出,时人以比关羽、张飞。"

《魏书》:"魏杨大眼骁果,世以为关张弗之过也。"

《陈书》:"陈吴明彻北伐高齐尉,破胡等十万众,来拒有西域人,矢无虚发,明彻谓萧摩诃曰:'若殪此胡,则彼军夺气,君有关张之名,可斩颜良矣!'摩诃即出阵,掷铣杀之。"

《三国演义》是元末明初的小说了,我所引的这些位,没一个读过《三国演义》,全是离三国近则几十年,远则三四百年的。在他们那个时代,犹且崇奉关张,则关张,尤其是关羽的地位,可以想见。

如果是猛将的名声,关羽张飞曹仁张辽吕布们各有所长。

如果论表现,关羽(万军斩将)、张辽(合肥奔袭)俩人独出众。

如果加上时人和后来几朝人的评价,关羽第一。

——所以说他是武圣,实在并没什么问题。

武圣关羽,威震华夏

桃园三结义

《三国演义》一开篇,就是一桩树立后世结义典范的事件:宴桃园英雄三结义,是为千古盛事。此后的评话小说,多依此规章:英雄看对了眼,动不动就撮土为香,结拜兄弟;妙在许多结义,都是以桃园结义为蓝本,必得塞一句"不求同年同月同日生,但求同年同月同日死"。比如《飞龙传》里,周世宗柴荣是个白脸,宋太祖赵匡胤红脸,郑恩郑子明黑脸,结拜兄弟,恰合了刘关张三个脸谱。至于其他后世跟风,不胜枚举。

但是,翻翻正史,疑似没提到桃园结义这事儿。实际上,整本《三国志》,"桃"这字出现两次,都是人名:董桃、陈桃。

《三国志·蜀书》里,说及关羽,只道刘备少年时,在乡里纠合乡民去参军平黄巾，关羽和张飞"为之御侮"，类似于刘备身边保镖。刘备当了平原相，关羽和张飞就是别部司马，分统部曲。关于刘备与关羽的感情，在这一句：

"先主与二人寝则同床，恩若兄弟。而稠人广坐，侍立终日，随先主周旋，不避艰险。"

刘关张的感情，确实好到能睡一张床；关张二位，也确实愿意为刘备不避艰险：平时站刘备身边一整天，都不带皱眉的。但是"恩若兄弟"这个"若"字，现了真章：若者，犹如也。他们二位跟刘备的关系，仿佛兄弟似的——但似乎，到底，不是兄弟。

当然，也不能怪刘关张。本来结拜兄弟这种事，在汉末也不太流行。廉颇和蔺相如在战国时就结了刎颈之交，但到底不是兄弟。唐宋之后，中国人结拜兄弟甚多。唐朝一位戴宏正先生，每交到一个朋友，就把这位的名字写上竹简，烧了祭拜祖先，称之为"金兰簿"，所谓义结金兰，就打这儿出的典。秦汉时候，没听说谁拜谁当大哥小弟，充其量"事之如兄"，礼节上尽到意思，也就行了。

当然啦，大英雄好汉，根本不在乎虚文薄礼。刘关张在事实上确实义同生死,推心置腹,这就行了。至于是否真的仪式化地桃园结义,对男子汉大丈夫而言,那都是浮云小事,无甚意义嘛。

但依着桃园结义的逻辑,倒有其他小事很好玩。其一,康熙年间,关羽家乡出土过一个《关侯祖墓碑记》,说关羽生在东汉桓帝延熹三年,即公元160年。而众所周知,刘备在公元223年白帝城托孤时六十三岁,那他该生在公元161年——关羽比刘备还年长一岁?

当然,也有人不认同关羽比刘备年长的。当日关羽死后,魏国刘晔认为刘备必然会为关羽报仇。理由?"且关羽与备,义为君臣,恩犹父子"——这个倒好,虽然刘晔也是好心,想陈述刘备关羽确实亲密,但这么一说,刘备跟关羽不是兄弟,倒成了老子和儿子了!

"温酒斩华雄"、"颜良文丑"、"五关六将"

《三国演义》中后期,关羽有一句吓唬人的口头禅:"你比颜良文丑如何?"再加上立卧蚕眉,横丹凤眼,青龙偃月刀寒光闪烁,对面挡路的听了,立时屁滚尿流:"不敢不敢……"

作为对比,鲁智深当日野猪林救了林冲,要威慑董超薛霸,也只说"你两颗脑袋,比这松树如何",然后一禅杖打折了松树。跟关羽一比,就小气了一点:名下有大将头颅挂着,就是方便。以后各种戏词话本,关羽动不动就是一套贯口:汜水关前温酒斩华雄,斩颜良诛文丑,过五关斩六将——吓死人!

问题在于:这些人头,还未必都记在关羽名下。

汜水关温酒斩华雄,是《三国演义》里关羽开山第一功,也是全书第一次大场面:十八路诸侯讨董卓,困于汜水关前;董卓都督华雄,先斩了鲍忠,再击败孙坚,斩了江东四将之一的祖茂,十八路诸侯竟奈何他不得,之后就是俞涉潘凤,一一送死;眼看黑云压城,袁绍也只好念叨"可惜我家颜良文丑不在"的话找场面。

于是关羽赫然出列,提刀驰马而去,须臾之间,斩华雄而回。加上曹操斟酒、袁术阻挠,这一出戏饱满好看之极,也顺便奠定了关羽的风格——温酒斩华雄,一合斩颜良,三合打跑文丑并追斩,关将军从来懒得跟人耗几十合,都是雷霆一击。最后"其酒尚温",比起"一合斩华雄"之类,要风流蕴藉得多了,实乃点睛之笔。

问题是……这事好看归好看,可是真不大靠谱。

按历史上,关东诸侯讨董卓,并没有大家一窝蜂赶将去:大家都迁延不进,真正勇往直前的,是孙坚和曹操。曹操在荥阳败北后,回到酸枣,发现诸侯十余万大军,每天置酒高会,不图进取,于是生了一番气。孙坚则在阳人一带大败董卓,斩了董卓都督华雄——这是江东猛虎孙文台的功劳了。至于那时候的刘关张,并不在孙坚军中,还乎在河北呢。这个功劳,真是凭空安在关羽头上的。

同样,文丑之死,也跟关羽关系不大,倒是曹操和谋士荀攸,一次值得夸耀的策谋:当日关羽解了白马之围,曹操把白马的居民迁徙,沿黄河往西走,袁绍于是派了文丑,领骑兵来追,到了延津。当时行路之上,都是曹操军自白马带来的辎重,诸将都觉得不适合就地跟文丑交战,只有荀攸提议"这恰好可以拿来当诱饵"。文丑带着五六千骑追杀而来,曹操看着文丑军在分抢辎重了,下令上马:以不满六百骑兵,击破文丑军,斩了文丑。文丑具体是谁斩的呢?没细说,只是《三国志·魏书·张乐于张徐传》里,提到徐晃所部,斩了文丑。

过五关斩六将,历史上并无明载。倒是关羽辞曹,确实是一段佳话,《三国演义》基本照搬了史传情节:大概曹操察觉关羽确实没有久留之意,于是让张辽去探问——这里跑个题:为什么关羽、张辽和徐晃,在《三国演义》里被描述为关系不错呢?因为他们都是山西人——张辽去操着一口山西腔问了,关羽原话,大意如下:

我知道曹公待我很好,但我受了刘将军厚恩,誓以共死,不可背叛他。我最后还是不会留下的,只是应当立功报效了曹公再走。

这段话千古留名,罗贯中就直接用进了《三国演义》。曹操听了,"义之",认为关羽确实义气。等关羽斩了颜良后,曹操知道关羽必然要走了,重加赏赐。羽于是挂印封金,留书告辞。曹操部下有想追的,曹操说:"各为其主,别追了。"——这段确实尽显曹操关羽,二位当世英雄的大气派,史传原文如此,千秋耿耿。关羽来去雍容,有春秋战国时国士之风;曹操在此时也尽显大度。君臣各尽礼节,各自成全一段佳话。

但是罗贯中嫌不过瘾,还得让关羽多些波折,于是过五关斩六将了。实际上,稍微看看地图,就知道不对劲。按《三国演义》里,关羽过东岭关、洛阳、汜水关、荥阳和黄河渡口,斩了秦琪,招惹了夏侯惇,过了黄河,又转弯去汝南找刘备。这绕路劲儿,好有一比:有人打上海出发,坐飞机去了郑州,转道西安,去了山东,再去呼和浩特——然后一转身去了广州。这不是奉嫂见兄,是曹操领地大巡游来了。所以无论是常理还是史册,都没五关六将什么事,纯粹是编来给关羽摆造型用的。

哪位问了:这么多事都是虚的,合着关羽谁都没斩?答:还是有的。那就是关羽斩颜良了。

《三国演义》原文里,颜良十万大军围了白马,与曹操对垒;曹操派吕布降将魏续宋宪出马,被颜良斩了;徐晃出战,二十合败回来。到此为止,和当年华雄待遇一样:先来几个炮灰,垫垫场面。然后关羽出战,过程极为冷艳:关羽看看河北十万大军、麾盖下的颜良,觉得是土鸡瓦犬、插标卖首,于是拍马而下,一刀斩了颜良回来。

历史上,没这么复杂。

当日颜良围白马,曹操派关羽和张辽为先锋去解围。史书上,一句话而已:"羽望见良麾盖,策马刺良于万众之中,斩其首还,绍诸将莫能当者,遂解白马围。"

觉得不过瘾吗?想一下当日场景:

关羽远远看见了颜良麾盖，于是单骑而入，万军之中，斩了颜良，带其首级回来，袁绍诸将，无人能当。这不是编造的传奇，而是活生生的真实。打过群架的都知道：好汉敌不过人多，面对十来个人，冲进去二十米都算好汉了；而关羽，突进万军之中，斩了勇冠三军的颜良首级回来。

实际上，这一战如此传奇，以至于出了后来的事儿——

关羽死后三个半世纪，齐和陈交战，齐国有位善射的胡人，箭无虚发。陈国吴明彻对巴山太守萧摩诃说："如果干掉这家伙，敌军就没士气了，您的才华也就不逊色于关羽了。"于是萧摩诃单骑突入齐军，掷铣击杀了胡人，又斩了齐军十余人，于是萧摩诃被认为当世猛将，足以和关羽媲美。

因为事实上的古代打仗，并不像评书里那样传奇：两军对圆，将军出阵，刀枪并举，打个百八十回合。单骑突阵，本来就是高难度的活儿。就在三国里，魏国两位大当家，大司马曹仁在南郡之战里突入周瑜军，救出牛金，就被认为"将军天人也"；张辽八百人突击孙权，乱军中亲手斩了对方两员无名将领，就足以让江东小儿不敢夜哭。而三国中，万军突阵，加上手斩对方领军大将的例子，有且只有关羽斩颜良一个孤例而已——后世类似的例子，都不算多。

事实是，正史的三国，没有罗贯中先生编排的那么多华丽单挑，但关羽斩颜良，却是这里头为数不多真实的、声闻后世的斩将传奇。如是，关羽的许多战例，都可以被消解掉，但因为这一战如此光辉灿烂，足以让同时代如周瑜，都承认"关张熊虎之将"，足以让后来数百年，萧摩诃、杨大眼、薛安都等猛将，纷纷"时人比之为关张"。

因为当《三国演义》里人人都能斩将时，关羽斩的那些将，就不显得多华丽了；但还原历史，当你发现正史之中，其实只有关羽，真的曾万军披靡、斩过对方大将之后，就明白他独一无二的分量了。

单刀赴会

《单刀赴会》这故事，在《三国演义》之前就有了。关汉卿写剧本曰《关大王独赴单刀会》，很是热闹：东吴和蜀汉有疆界纠纷，东吴前线老大鲁肃就设了鸿门宴，邀请关羽来解决问题，关羽单刀赴会去了，而且全身而退。这派潇洒风度，关汉卿的曲词道：

"大江东去浪千叠,引着这数十人驾着这小舟一叶。又不比九重龙凤阙,可正是千丈虎狼穴。大丈夫心别,我觑这单刀会似赛村社。"

《三国演义》里头,也就此照搬了,当然,这就出了些小问题:按《三国演义》的设定,鲁肃是忠厚君子,不会阴谋诡计;又在意孙刘联盟,不会使这么狠辣的计策。怎么就会出这么一折呢?

嗯,因为历史上,这事儿是倒过来的。

当日孙刘两家,是有疆界纠纷。孙家问刘备索要先前允诺的长沙、零陵、桂阳,刘备这边很含糊,于是鲁肃就邀了关羽相见。

鲁肃的约定,很是君子:

"各驻兵马百步上,但请将军单刀俱会。"——双方驻军,各在百步开外;两位将军,各带着佩刀相会。这风格,有些像当年罗马和迦太基扎马会战前,汉尼拔和西庇阿那次不朽的会面。

真见面了,过程也没那么危机四伏:毕竟鲁肃和关羽都不是臭流氓。

鲁肃强调:"当年你们军败远来,没地盘,我们才把土地借给你们。如今都得了西川了,荆州不给我们,怎么连三郡都不给啊?"这点与《三国演义》的原文相符,旁边一人就说:"土地这玩意,是有德之人占据的，并不是固定不变的呀！"——这是《三国演义》里周仓的话。鲁肃厉声呵斥，于是关羽拿了刀站起身，道："这是国家之事，这家伙知道什么？！"对说话那随从瞪瞪眼，让他走了。《吴书》里记载的，也是大同小异，大致是鲁肃有理有据，而关羽也确实没话反驳。之后刘备也做了让步，割湘水为界，双方罢兵。

所以，历史上的单刀会，是鲁肃和关羽的一次单独谈话。没有伏兵和阴谋，双方主帅都很有绅士风度：鲁肃摆事实讲道理，关羽则斥退擅自插话的手下。"单刀"二字，是形容主帅们没带多余兵器。是风度礼节，而非逞一时武勇。

名将们的兵器

单刀会还可以摘出个有趣的细节：

关羽在与鲁肃见面时，提到了"刀"。但那是随身佩刀。

关羽历史上，用什么兵器？不知道。首先，不会是传奇的"哪怕他曹营千员将，难敌我青龙偃月刀"，因为青龙偃月刀这玩意，唐朝才出现，是仪仗用的兵器。历代猛将马战，大多是刺击类兵器，比如项羽持戟、程咬金和尉迟恭用槊（对，程咬金也不用斧子）、张飞持矛，都是史书明载。关羽呢？"策马刺良于万军之中"，很可能，关圣人用的也是矛或槊。实际上，三国正史里，提及关羽跟刀关系的，也就是这次"单刀会"，这就让罗贯中移花接木了。

实际上，虽然吕布的方天画戟名闻天下，但正史里，从没提及吕布用什么兵器，只有《英雄志》说他和郭汜单挑，用的是矛。倒是吕布和董卓闹不愉快，董卓确实用戟掷过吕布——但那戟，更可能是半装饰的短兵刃掷戟。结果被罗贯中一化用，就酝酿出了方天画戟这样的神兵，以及"凤仪亭董卓掷戟"这样传奇的故事。

鲁肃与借荆州

哪位说了，鲁肃好大的胆子，怎么就敢跟关羽这种熊虎之将单刀会，不怕关羽吵不过，急了，生生砍死他么？嗯，首先，关羽是出了名的国士之风，做不出这种下三滥的事，鲁肃明白；另一方面，鲁肃也不是小绵羊。按《吴书》说，鲁肃"体貌魁奇，少有壮节，好为奇计"，是个体格到内心都很凶猛的男子汉。"天下将乱，乃学击剑骑射，招聚少年,给其衣食,往来南山中射猎,阴相部勒,讲武习兵。"你看,学击剑骑射,还搞私人武装打猎呢,所以家乡父老都说他,"鲁氏这一世完了,居然生出这样的狂儿!"——鲁肃可是练过击剑、体格魁梧、性格壮烈的"狂儿"呢,跟关羽单独约会,也不用犯憷。

倒是所谓"鲁肃借荆州"值得一提。

《三国演义》里说,刘备和诸葛亮欺负鲁肃老实,问他借了荆州。其实并非如此。

汉朝时,荆州号称九郡,其实刘表掌握的只有七郡。刘表死后,南阳被归到中原,荆州只有:南郡、江夏、武陵、长沙、桂阳、零陵。

刘备南奔,刘表长子刘琦掌握江夏,归了刘备;之后武陵、长沙、桂阳、零陵等南四郡归附刘备。曹仁被打退后,关羽与周瑜共占了南郡,刘备自己在公安。换言之,当时荆州六郡,除了南郡江陵一带,事实上都在刘备掌中。鲁肃所谓的借荆州,其实更像是劝周瑜,"别去跟人家争了,就暂时让他们掌握着吧!"

当然,东吴对荆州的觊觎,也不难理解:荆州在江东上游,荆州一天在别人手里,东吴就一天被人刀架着脖子。所以孙家即便背盟偷袭关羽,也得将荆州夺回来。

于是便来到了传奇的走麦城。

威震华夏与走麦城

汉末华夏,天下十三州。能威震华夏者,只有一人。能以一方偏师令中原摇荡者,只有一人。能以一身牵系三国这一页的,只有一人。

那便是关羽,关云长。

按《走麦城》一折,关羽一死,几乎可算整个三国的转折点。在此之前的十来年,刘备访茅庐、得孔明、取荆州、订盟约、西取巴蜀、争锋汉中,已经到了诸葛亮所谓"跨有荆益"的远大目标。当日《隆中对》道:

> 天下有变,则命一上将将荆州之军以向宛、洛,将军身率益州之众出于秦川,百姓孰敢不箪食壶浆,以迎将军者乎?诚如是,则霸业可成,汉室可兴矣。

说穿了,诸葛亮构思的钳形攻势,眼看可以开展了。于是,关羽带领荆州之军,向宛洛去了,而且打得很成功:把曹仁围在了樊城,水淹七军破了于禁,斩了庞德,逼得曹操要迁都了。当时的关羽,正所谓"威震华夏",这是他个人,也是刘备政权的巅峰时刻。

然后就迎来了一系列故事:民间会简单总结为"大意失荆州",好像关羽丢荆州,就是一时大意似的。之后刘备政权江河日下,白帝城托孤,诸葛亮开始逆天而行的北伐,故事一路朝悲情走过去了——说来说去,似乎都在关羽的"大意"上了。

然而战争,从来不这么简单。

建安二十三年即公元218年,曹操派了征南将军曹仁,假节,镇守荆北,对付关羽。那年十月,曹仁治下宛城守将侯音结连关羽谋反。曹仁回去平叛,建安二十四年正月,屠了宛城。

当时,曹操在西线,与刘备面面相觑;汉中刚丢了,夏侯渊刚死了;关羽抓住时机,自江陵出发北伐。关羽出征时,南郡太守糜芳留守江陵本部。

——这里的著名细节是,关羽出兵之前,南郡城中失火,烧了军需,关羽本来要找糜芳的麻烦,问题是:糜芳是刘备的小舅子,糜夫人的兄弟,跟关羽算是平级,所以也没法动他,只说了,回来收拾糜芳。

先前,孙权曾经想要跟关羽结亲,被关羽骂回去了——你可以说,关羽不近人情;但反过来想想:一个地方守将和他国诸侯结亲,这事儿刘备倘若知道,会怎么想呢?所以,阴谋论一些:孙权这玩法很阴险,明摆着离间嘛。

公元219年春天,关羽北伐,以少打多,打得曹仁一路北窜。关羽自江陵北上,突进五六百里,围了襄阳,过了汉江。曹操当时刚从汉中败归,只好先让于禁、庞德出战,是为七军,再让徐晃凑了支军马,去宛城接应。

值得一提的是:汉中一战,曹操丧了夏侯渊、丢了汉中地,鏖战近年,当然元气大伤,但蜀中那边,其实也"男子当战,女子当运",人民都得上战场了,真是山穷水尽。所以,刘备称汉中王后,派了费诗去关羽处,假节钺。这意思很简单:给关羽便宜行事的权力,等于默许他自行北伐。

建安二十四年八月,大水暴涨,关羽于是水淹七军。擒了于禁,斩了庞德。单是俘虏,关羽就活捉了三万之众。

按关羽当时兵力,应当尚不足三万之数——几年前与东吴争三郡时,倾巢而出,也不过号称三万而已。先打曹仁,兵力相去不远,打得曹仁退避;再破七军,光活捉就是三万,实在是惊人大捷。

于是关羽"威震华夏"。当时曹家大将,夏侯渊已死,未来的大司马大将军曹仁被关羽围住,魏国外姓第一将于禁被擒。徐晃不敢挡关羽锋芒驻军原地,还被属下骂;张辽在东线,眼看关羽兵锋,离许昌不远了。

曹操终于紧张,打算迁都了:

要知道,官渡之战,袁绍大军压境时,曹操也没考虑过迁都这事儿。——实际上,以关羽当时军力,并不能当真深入到曹魏心脏,所以关羽很聪明:遥寄些印信,让周边反曹势力,一起闹将起来,虚张声势。好在当时蒋济和司马懿不糊涂,劝曹操别动迁都这念头。

但好好歹歹,当关羽开始威胁许昌,曹操开始害怕时,那实在是曹操漫长人生里,魏国最接近动摇的一瞬间。

于是三国历史最关键的转折时刻之一到来了:之前还在合肥想

偷咬一口的孙权,向曹操示意,愿意倒戈一击,背后攻击关羽。那是建安二十四年十月的事。

于是:

曹操大军南下。与此同时,刘备整饬军马,进逼汉川。曹魏方面,将孙权已经和自家私通的事,告知关羽,引发关羽的疑虑。

徐晃获得十二营增援,已经形成兵力优势,于是对关羽发动会战,以著名的"长驱直入",赢了一阵。曹仁、满宠、徐晃等合击之下,关羽放弃樊城,退过汉水,但依然控制着襄阳。

如果到此地步,曹魏诸将和关羽,还是个对峙之局。等于是,曹魏出动三倍兵力,精锐尽出,也不过是救下了曹仁和樊城,关羽还是能吃掉襄阳。

然后:

孙权悄悄出动了。

按前述,关羽北伐前,糜芳和士仁已经捅过篓子,但糜芳是国舅爷,关羽也只能留他守江陵了事。关羽在樊城获得了假节钺的权威后,等于有了尚方宝剑,就告诉了一声:"还当治之。"——"回来收拾你们。"糜芳们当然怕他回来秋后算账，于是就应了孙权的劝降。本来关羽在荆南，经营江陵、公安十年之久，坚固之极；如果糜芳和士仁死守，东吴虽然偷袭，未必能速取荆州。但糜芳一卖掉江陵，关羽失了根本，军心离散：自然如垓下霸王，无力回天了。

——历史是这样。故事里的每一个人呢？

——对曹仁而言，这感觉很微妙。他在几年后将成为曹魏大司马，大将军，是当时曹魏军方仅次于夏侯惇的第一号人物，而且有"曹大司马之勇，贲、育弗加也，张辽其次焉"的称号。他在樊城固守，斩马立誓，宣布死守，是条汉子。但那时，看着城外飘扬的"关"字旗，作为一个少年游荡、中年严谨、与周瑜刘备都鏖战过的猛将，会不会有一种绝望感？

——于禁被擒时是左将军，假节钺。当时曹操属下，除了夏侯惇，差不多就他最高了，等于一个中央军司令，有独立裁夺权。"最号毅重"，非常的刚毅稳重，非常的严格。宛城之战时夏侯惇所部劫掠民间，他当场就杀。曹操想夺朱灵的兵符，派于禁去，于禁直接解决问题，朱灵全军被他威慑，不敢动。就是这么个刚毅正经、一丝不苟、执法严明的人,老来降了,晚节不保。这就像,一个平时特别正经、满口仁义道德一辈子的老学究,忽然被人当众揭出电脑硬盘里1T多的AV。

你可以想象他也会羞赧得"靠,以后怎么出门啊,不活了"。

曹操感叹他,"跟我三十年,关键时刻不行啊!"(吾知禁三十年,何意临危处难,反不如庞德邪!)曹丕还故意让于禁羞愧死。是真的荣华一世,倒霉一时。

——对徐晃而言,这是他一生的光辉时刻。此前他远离樊城,不去救援,属下怒骂;但他耐心地、耐心地,等来了十二营援军,等来了孙权的投诚,等来了出击时刻。在与关羽对决时,他甚至做了经典的阵前宣言:先跟关羽问好,再宣布要杀他,"国家事,不敢以私废公"。虽然是以多打少,但他到底解了樊城之围。也因此,他得以列名五子良将之一。

——对孙权而言,他的选择不难理解。吕蒙说得够通透了:打合肥,再取徐州,东吴也守不住;还不如偷袭关羽,全取长江,对东吴更合算。道义上,孙权从来不是个君子,晚年尤其如此。但他这个选择,虽然着实不算光明正大,但对东吴的存续和分量,很重要。

——对糜芳而言,他做了个很奇怪的选择。关羽说"还当治之",要查他的罪,但他毕竟是前国舅爷,他的哥哥糜竺还在朝中。他投降了东吴,也没得什么好处:被虞翻嘲骂,被后世唾弃。他为何这么做?是明哲保身?还是,我们能想远一点:当时刘备已经娶了吴夫人,吴夫人的兄弟吴懿和吴班已经得势,所以,糜芳作为国舅爷,感受到压力了?

——对关羽而言,很奇妙:

他率军北伐,留了国舅爷守后方,围了曹仁、斩了庞德、捉了于禁,逼得曹操要迁都,形势一片大好,威震华夏;结果盟友背后捅刀子,这或者还能料到;国舅爷糜芳居然倒戈,这就始料未及了。关羽就此被绞杀——算是大意吗?可以说是,也可以说不是。本来,盟友忽然翻脸,同事自家国舅爷都会倒戈,这两件事儿同时发生,实在太小概率了。

当然了,关羽的错误很明显:开始就不该跟国舅爷翻脸,掌了权也没必要跟国舅爷说"还当治之":兔子急了还咬人呢。如果关羽对糜芳稍微温柔点儿,不那么傲直,情况会好些么?历史当然不容假设,但至少我们可以说:让关羽吃亏的,也许并非大意和疏忽,而是他的傲。

——这就是襄樊之战。这里面云集了防守、进攻、围城、驰援、水战、野战、背盟、结盟、外交、偷袭、内奸、巅峰、覆灭。你可以想象到的战争模式,这里都有。

然后呢?曹仁的刚直据守,于禁的临难投降;糜芳的莫名背叛,孙权的插刀盟友;徐晃的持重耐心,关羽的傲视天下。

在乱世,每个人都能得到自己的自由。每个人都做出了一种,似乎是合理的选择。每个人都在动态中变化:关羽从反击到进攻,孙权从观望到背叛,曹操从动摇迁都到反杀成功。这是战争,更是人性。

"武圣"关羽从一介武将,逐渐武圣化的过程,足够写一本书。隋朝时,他称了忠惠公;北宋时,被封了崇宁至道真君、昭烈武安王、义勇武安王;南宋时,壮缪义勇武安英济王;明朝时,三界伏魔大帝神威远镇天尊关圣帝君;乾隆时,开始有关帝庙;光绪时,忠义神武灵佑仁勇威显护国保民精诚绥靖翊赞宣德关圣大帝——二十六个字的长封号。慈禧老佛爷,也才十八字封号罢了。

但如果回到汉末呢？嗯，他是汉寿亭侯、前将军、义勇壮缪侯，就是如此。

有一个传说：当日曹操除了把吕布的赤兔给了他，也把吕布的貂蝉一并给了他，而关羽认为红颜祸水，于是"关羽月下斩貂蝉"。这故事十足民间色彩，实际上，赤兔没有归关羽，貂蝉更是历史上所无，但民间故事就爱这么编排，显得关羽顶天立地，不好女色，简直不近人情。也因为如此，所以历史上出了这么个事时，大家都觉得很颠覆关羽的形象。《蜀记》载：曹操和刘备在下邳合围吕布；关羽跟曹操说，想娶吕布部下秦宜禄的妻子。曹操猜想这女人一定美貌，就先去看了，果然国色，然后自己留了，关羽为此不快。这个故事所以会让人觉得反差巨大，是因为所有人先入为主，认定"关公大义凛然，不会好色"！

实际上，可能关羽就是个凡人：一个会好女色的男人。

但是除此之外，关羽是个什么样的家伙呢？

罗贯中给关羽加的诸多描写，都来自添油加醋和艺术创造。《三国志》以曹魏为正朔，蜀汉史书多有曲笔涂抹。《三国志·蜀书·关张马黄赵传》中，关羽段落，连裴松之的注在内，刚过二千字，关羽生平，也只能从中窥得。甚至著名的"关羽绝北道"——即周瑜围攻南郡，与曹仁大战；关羽在南郡以北打游击，遮绝乐进、徐晃、李通们对曹仁的援救，结果曹仁苦战一年，援军没来，终于北退的这事——还得靠李通们的传记来考证猜测。但是，我们还是能从其他细节里，找到关羽的存在：

周瑜临终前不久，给孙权写信，说关羽张飞"熊虎之将"。

程昱和郭嘉认为，关羽和张飞都是"万人敌"——按郭嘉说关羽万人敌，是在关羽斩颜良之前几年的事。

刘晔说蜀是小地方，"名将唯羽"。

老对手吕蒙认为关羽，"长而好学，读《左传》略皆上口，梗亮有雄气"，当然，"性颇自负，好凌人"。

曹操认为关羽"事君不忘其本，天下义士也"。

当然，还有《三国志》作者陈寿的盖棺定论：

"关羽、张飞皆称万人之敌，为世虎臣。羽报效曹公，飞义释严颜，并有国士之风。"

熊虎之将、万人敌、好学、能背诵《左传》、有英雄气、讲义气、国士之风、蜀汉唯一的名将。

这就是那个时代，与关羽日日夜夜交手的对手们，眼中的关羽。

以及其他后世的传说：

刘遐、崔延伯、萧摩诃、杨大眼，后世名将，多比之为关张。清朝大才子、写《廿二史札记》的赵翼总结："汉以后，称勇者必推关张。"当然，连陈寿也承认，张飞"雄壮威猛，亚于关羽"。

三国的第一猛将……可能吗？考虑到他长久以来的万人敌名声，考虑到他传奇到独一无二、数百年后拿来当例子的万军斩将纪录，也许他的确不负这个名号。

但是，无论如何，在他辉煌落幕的时候，关羽掌握半个荆州的兵力——当时天下，十三州一百二十七郡——在汉水边上战斗着。他的对手阵容，华丽无比：当时曹操麾下，夏侯渊与乐进已死，所剩下的看家法宝，除了已经不太打仗的夏侯惇（历史上以清廉和内政著称），就是曹仁、曹洪、张辽、于禁、徐晃、张郃这几位了。而关羽的所作所为是——

围困了曹仁、干掉了于禁、对抗着徐晃，逼着曹操谋划迁都，而在他背后，还有整个东吴在捅他的刀子。对付他的，除了孙权，还有吕蒙和陆逊这两位大都督级的人物。

就像当日垓下，刘邦会合诸军，韩信、英布、彭越等诸侯，以多胜少才干掉项羽似的，当日魏吴两国，真是把精锐一起派上阵来，正面强攻、援军派递、偷袭、劝降，于是干掉了关羽。这时距离他"威震华夏"，也才两个多月。

后世连黑社会都拜关二爷，可能跟民俗有关，但在当时，关羽的确是这么个形象。所谓蜀汉"名将唯羽"，或者可以换种说法：当时，他是刘备之外，蜀汉的另一镇诸侯——至少曹操和吕蒙，都是这么看待他的。他是万人敌的猛将，威震华夏的刚直汉子，喜好《春秋》的国士，以及"义"这个字。在那个时代，"义"是一种游侠风范，是太史公《刺客列传》《游侠列传》里那些刚正侠义的汉子们。在关羽之前，从未有一个武将，能在同一个时代，将个人勇武和侠义刚直，结合得如此完美，而且终于缔造了他的辉煌（威震华夏）和倒下（刚直自负）。他是个刚而易折的武者，所以在乱世被人在背后捅刀子干

掉,再正常不过;但由此而获得后世尊敬,也很正常——这个世界并不一定总是崇拜成功者的。

对了,"威震华夏",整本《三国志》,也就关羽一个人,享受到了这个形容词。这四个字,虽然短促,但是辉煌明亮,令人不可逼视,配上旷世的勇武和顶天立地、甚至有些过分的刚直——这就是建安末年,世人眼里,万人之敌、刚直高傲的关羽。

于禁,一场大雨,三十年

《三国演义》和《三国志》里,于禁大概是差别最大,却又最不引人注意的一号人物。

《三国演义》里,许多人记得,于禁是曹操部下一位凑名字的将领。"又有一将引军数百人,来投曹操:乃泰山巨平人,姓于,名禁,字文则。操见其人弓马熟娴,武艺出众,命为点军司马。"后来在历次与吕布或者其他军阀混战中,于禁都会出现。大多情况下诸如:"忽然两彪人马杀出,左有于禁,右有谁谁"这样凑数的。与吕布的濮阳会战,于禁出过一个主意说"袭其西寨",那次也就引出了典韦著名的"五步乃呼我"的故事。

小说里,于禁并不算猛将。在曹操徐州围城时,刘备来援救,有如下场景:

寨内一声鼓响,马军步军,如潮似浪,拥将出来。当头一员大将,乃是于禁,勒马大叫:"何处狂徒!往那里去!"张飞见了,更不打话,直取于禁。两马相交,战到数合,玄德挥双股剑麾兵大进,于禁败走。张飞当前追杀,直到徐州城下。

小说里,于禁唯一的闪光点,是宛城之战:

曹操被张绣偷袭,典韦战死,全军溃退。夏侯惇所部青州军下乡劫掠,被于禁沿路杀掉,自己立下营寨,并不急于去跟曹操辩白。张绣军到,于禁率先出战,身先士卒。本来一次彻底的完败,被他控住了局面。

《三国志》里,这段很精彩:

绣复叛,太祖与战不利,军败,还舞阴。是时军乱,各间行求太祖,禁独勒所将数百人,且战且引,虽有死伤不相离。虏追稍缓,禁徐整行队,鸣鼓而还。未至太祖所,道见十余人被创裸走,禁问其故,曰:"为青州兵所劫。"初,黄巾降,号青州兵,太祖宽之。故敢因缘为略。禁怒，令其众曰："青州兵同属曹公，而还为贼乎。"乃讨之，数之以罪。青州兵遽走诣太祖自诉。禁既至，先立营垒，不时谒太祖。或谓禁："青州兵已诉君矣，宜促诣公辨之。"禁曰："今贼在后，追至无时，不先为备，何以待敌？且公聪明，谮诉何缘！"徐凿堑安营讫，乃入谒，具陈其状。太祖悦，谓禁曰："淯水之难，吾其急也，将军在乱能整，讨暴坚垒，有不可动之节，虽古名将，何以加之？"

曹操夸得很对：虽古之名将，何以加之？

之后，于禁在小说里没什么戏份。再次登场扮演重要角色，就是奸角了：带七军去讨伐关羽；因为嫉妒庞德，处处掣肘；被关羽水淹七军；出降。庞德被斩。曹操感叹：于禁跟了我三十年，还不如庞德！

到此为止，小说里，于禁是个大反派。

历史上呢？

及太祖领兖州，禁与其党俱诣为都伯，属将军王朗。朗异之，荐禁才任大将军。

从一开始，于禁的才华就很闪耀。之后在与河北军作战中，于禁战绩华丽：

太祖初征袁绍，绍兵盛，禁愿为先登。太祖壮之，乃选步骑二千人，使禁将，守延津以拒绍，太祖引军还官渡。刘备以徐州叛，太祖东征之。绍攻禁，禁坚守，绍不能拔。复与乐进等将步骑五千，击绍别营，从延津西南缘河至汲、获嘉二县，焚烧保聚三十余屯，斩首获生各数千，降绍将何茂、王摩等二十余人。太祖复使禁别将屯原武，击绍别营于杜氏津，破之。迁裨将军，后从还官渡。太祖与绍连营，起土山相对。绍射营中，士卒多死伤，军中惧。禁督守土山，力战，气益奋。

曹操在许都时，官渡行营总指挥即是于禁。这个责任，关系大局。而于禁以两千军拒河北军，可见其胆略，也可见曹操的信任——毕竟，曹操不轻易让外姓将领独自领军。

历史上，于禁最被人称道的，是其法度严谨：

太祖每征伐，咸递行为军锋，还为后拒；而禁持军严整，得贼财物，无所私入，由是赏赐特重。然以法御下，不甚得士众心。太祖常恨朱灵，欲夺其营。以禁有威重，遣禁将数十骑，赍令书，径诣灵营夺其军，灵及其部众莫敢动；乃以灵为禁部下督，众皆震服，其见惮如此。迁左将军，假节钺，分邑五百户，封一子列侯。

这就是于禁的地位了：假节钺，是一方首脑；左将军；出战是先锋，撤军时是殿后，最可靠的部队。

在被水淹七军前，于禁是曹操手下，非本家的第一将军，所谓外姓第一将。

然后，就背负着三十年的友情，出战关羽了。

正史里，从未提及于禁和庞德的龃龉，于禁只是单纯地输了，成就关羽千年英名，然后出降。我想象中，那一天，灰色的阴云下，于禁伫立在堤坝上任大雨吹打。看见七军将士在水中翻滚呼号看见远方那树立的关字大旗，回首三十年前尘如梦，他在想些什么？

曹操如是说：

"吾知禁三十年，何意临危处难，反不及庞德邪！"

这句话很要命。

于禁在临难时没有死,但从此生不如死。他被关羽俘虏,吕蒙取下荆州后,他又成了东吴的宾客。正史说他与孙权出去晃荡时,被虞翻当面斥责:

魏将于禁为羽所获,系在城中,权至释之,请与相见。他日,权乘马出,引禁并行,翻呵禁曰:"尔降虏,何敢与吾君齐马首乎!"欲抗鞭击禁,权呵止之。

真是尊严扫地啊。

于禁后来归去魏国时,须发皓白。可是他还是没有一个好收场:

曹丕没有放过他。连死都让他死得很屈辱。

始作俑者,依然是曹操。曹操说了那句"吾知禁三十年,何意临危处难,反不如庞德邪!"。这句话的愤慨,让于禁没机会挽回了。于是曹丕懂了,故意让于禁羞愧死:

帝使豫于陵屋画关羽战克、庞德愤怒、禁降服之状。禁见,惭恚

发病薨。

曹操和曹丕,都不算什么厚道人;虞翻在史书里"高气",特别爱得罪人,所以他们的评断说是盖棺定论,不能说是厚道;但话说出来了,就这样了:舆论是很重要的。

作为对比:刘备手下的黄权就迫于无奈,投降了曹丕,但刘备很给他面子,体念他的难为之处。

跟对一个厚道的主子,多重要啊。

曹操对于禁投降的不满,倒也可以理解:

其一,如曹操自己所说,于禁跟了他三十几年了。

其二,于禁被擒时是左将军,假节钺。当时曹操属下,除了夏侯惇,差不多就他最高了,等于一个中央军司令,有独立裁夺权。

其三,于禁的特色是,"最号毅重",非常刚毅稳重,非常严格。宛城之战时夏侯惇所部劫掠民间,他当场就杀。曹操想夺朱灵的兵符,派于禁去,于禁直接解决问题,朱灵全军被他威慑,不敢动。

就是这么个刚毅正经、一丝不苟、执法严明的人,老来降了,晚节不保。《三国志》上说:"于禁最号毅重,然弗克其终。"

之前三十年的刚毅稳重,最后让那次出降,更加屈辱——稳重本来就是个最容易一失足成千古恨的属性。偏偏他最稳重,于是,倒下时也就最惨。

张辽,八百破十万

《三国演义》向爱扩写添事儿,比如压根不存在的"徐庶大破八门金锁阵",写得有声有色;但也有些传奇,反而被缩写了。

比如,史传上有名的"张辽八百破十万",被罗贯中硬生生摘了,只描写了"张辽威震逍遥津"。

史书上这场战役,其实分为两段,所以张辽出了两次风头:

——张辽八百破十万。

——张辽威震逍遥津。

且说公元215年夏秋之交,孙权会集大军,围了合肥。当日曹操不在,曹家张辽、李典、乐进三位大将在合肥前线,决定出击,于是募集八百壮士,由张辽亲率,天亮出阵,吓得孙权躲进高垒,吴军夺气。此所谓"八百破十万"。

张辽回城，开始死守。吴军被张辽一个下马威，士气低落，围不下城，只好回家；回家途中，张辽反击，差点儿活捉孙权。这是"威震逍遥津"。

其实是一场战役，两场战斗。张辽从此威震天下。

"威震逍遥津"这事儿，其实想来，有点滑稽。孙权退兵，诸军都撤了，只有孙权、吕蒙、蒋钦、甘宁、凌统等几位，麾下千余人，还在逍遥津一带断后。您可以想象，张辽看了，多半这么寻思：

"前几天十万人都没把我怎么的，留个千人，吃了他！"——于是张辽追击。孙权派人叫救兵，不料前头的诸位，回家心切：都下班了，谁肯回来加班啊，叫不回。

于是该着甘宁、凌统们逞英雄了。

凌统亲自带三百人血战。甘宁亲自肉搏，怕士气低迷，还厉声问"鼓吹何以不作，壮气毅然"，打仗还不误了音乐；陈武战死；宋谦和徐盛都带了伤，手下兵马逃散，潘璋斩了几个逃兵，吴兵于是回来拼命；孙权上桥，发现有三米多长的断口，孙权手下的谷利于是给孙权上课，教他助跑："持鞍缓控，利于后着鞭，以助马势，遂得超度"。

孙权过桥去了，大家再分头回来——凌统最惨，手下三百人全部战死，自己潜水游回来的。

《献帝春秋》说，张辽问东吴降兵："有个紫髯将军，长上短下（孙权这身材比例真差）、便马善射（孙权爱打猎，所以骑术射术应该不差），是谁？"

降卒答曰："是孙会稽。"——就是孙权了。张辽听了，顿感可惜。

但这个记载，听来很奇怪：张辽应该见过孙权才是——就在不久前。

这就得说到，战役之初的"八百破十万"了。

当然，十万这数字，首先要打折扣。七年前赤壁之战时，吴国也就能摆出三万人。又过了七年的夷陵之战，一般公认吴军不会超过五万。孙权这里，居然变得出十万，还都堆到了前线，有些夸张。实际上，"八百破十万"这数字，出自曹丕的表彰诏书：

"合肥之役，辽、典以步卒八百，破贼十万，自古用兵，未之有也。"

故八百破十万，算是官方宣传，未可全部当真。何况曹丕是个诗人，除了逼弟弟做七步诗时多走一步都不行，数字上不会太计较。

然而，这战绩依然了不起。

张辽在历史上的性格，颇像关羽：傲，和周遭同事（比如李典与乐进）关系一般，强到没朋友。

作风骁勇，胆子大得逆天，看以下例子：他单身劝降昌豨，曹操都替他担心，还特意指责他不该如此。

辽遂单身上三公山，入豨家，拜妻子。豨欢喜，随诣太祖。太祖遣豨还，责辽曰：此非大将法也。辽谢曰：以明公威信著于四海，辽奉圣旨，豨必不敢害故也。

漠北遭遇异族时，他敢于攻击：

辽劝太祖战，气甚奋。

在天柱山绝险之地，他敢直接突进。

辽欲进，诸将曰：兵少道险，难用深入。辽曰：此所谓一与一，勇者得前耳。

张辽毕竟跟过吕布,目睹过吕布当年打黑山贼时,动不动亲自突击陷阵。他也目睹过高顺统领陷阵营。不难想象,张辽必然学不会老成持重。张辽的做派,那就是"一与一,勇者得前"。

张辽对面的孙权,则是一言难尽:他老人家亲自出来打仗,战绩着实不好看。张辽满宠文聘们,都在孙权身上占过便宜。这不,孙策临终前都委婉地说了:

"若举江东之众,决机于两阵之间,与天下争衡,卿不如我;举贤任能,使各尽力以保江东,我不如卿。"

——这意思:团结大家保卫国土我不行,临阵打仗调兵遣将你不行。

要命的是,当时的东吴,诸将各有部曲,不易约束。守土有责时,大家可以同仇敌忾,所以东吴擅打防御战,赤壁夷陵,曹操和刘备都吃了亏。吴军出去打仗,那就没纪律了。比如潘璋出战时,经常几千人的兵,摆起营来就万余人的规模:看着威风,三五个人住七八间房,老百姓可怎么办?甘宁当时一个军卒躲进吕蒙那里,被甘宁提出来砍了,吕蒙气得跳脚,要跟甘宁拼命,亏是他老娘贤德,止住了。

所以东吴防御战天下无敌，大家齐心合力；进攻战没纪律，就糟糕至极。且，东吴进攻，被魏人突阵，有过先例了，当年周瑜派人打南郡，被曹家大将曹仁威风了一把：

瑜将数万众来攻，前锋数千人始至，仁登城望之，乃募得三百人，遣部曲将牛金逆与挑战。贼多，金众少，遂为所围。长史陈矫俱在城上，望见金等垂没，左右皆失色。仁意气奋怒甚，谓左右取马来，矫等共援持之。谓仁曰："贼众盛，不可当也。假使弃数百人何苦，而将军以身赴之！"仁不应，遂披甲上马，将其麾下壮士数十骑出城。去贼百余步，迫沟，矫等以为仁当住沟上，为金形势也，仁径渡沟直前，冲入贼围，金等乃得解。余众未尽出，仁复直还突之，拔出金兵，亡其数人，贼众乃退。矫等初见仁出，皆惧，及见仁还，乃叹曰："将军真天人也！"三军服其勇。

——曹仁亲自在周瑜军中翻江倒海，出来进去，三百人吓退前锋数千人，一方面是曹仁确实勇武，"将军真天人也"；另一方面，吴军也确实弱了些。

说回合肥。

曹操当时，给张辽们留过封书信。信写得简单：张辽李典出战，乐进守护军，不出战。

大家看了信，都觉得迷糊。此时张辽出来，为曹操解释：这意思是，趁孙权没集合，突击他，破他的士气。

——曹操的意思是否如此，其实不重要了；张辽完全可能按自己的意思来解读，这时最关键的细节出现：李典认同张辽。

要知道，李典的叔叔，当年死于征吕布之役，张辽脱不了干系。张辽和李典又从来不和睦。

这种时刻，李典果断承认张辽的指挥权，是李典风度的完美体现。

当时的曹家，夏侯渊为征西将军，统管西线；曹仁为征南，统管南线；张辽却是荡寇将军，且曹魏有护军制度，所以东线合肥，张辽、乐进和李典三将，彼此并不统属。论资历，乐进和李典都比张辽老。尤其是乐进，一向是先登陷阵的突击大王。此时居然是乐进守城不战，着实微妙。张辽说话，其他人未必听。李典附和了张辽，这就决定此次行动张辽为指挥,是关键的一招。

于是指挥思想统一了,一切水到渠成。

张辽招募八百勇士,吃牛肉,喝酒,天亮突击。这八百勇士是精选猛将,胆子大,加上吃饱了蛋白质,喝了酒壮胆,加上突然,加上张辽本身的勇猛,加上东吴的凌乱,于是一举突击成功。张辽当日,大出风头:亲自突阵,杀数十人,斩二将,嚷着自己的名字——"辽来也!"——破阵而入,直到孙权麾下。

平旦,辽披甲持戟,先登陷阵,杀数十人,斩二将,大呼自名,冲垒入,至权麾下。

可惜孙权逃得快,上了垒,还能指挥合围:

权大惊,众不知所为,走登高冢,以长戟自守。辽叱权下战,权不敢动,望见辽所将众少,乃聚围辽数重。

辽左右麾围,直前急击,围开,辽将麾下数十人得出,余众号呼曰:"将军弃我乎!"辽复还突围,拔出余众。权人马皆披靡,无敢当者。

自旦战至日中，吴人夺气，还修守备，众心乃安，诸将咸服。

左右挥军，然后溃围而出，这是统军能力；发现士兵陷落在后，杀回去救回来，是个人勇武、自信和爱兵如子的完美体现。来去自如，吴国士气全溃。

古代攻城，全靠士气。张辽这么一杀，东吴士气全溃。之后围不下来，撤退，张辽逍遥津追击，那其实是另一次漂亮的战术了，和八百破十万是两回事。

如是，张辽能完成此次壮举，靠的是：

李典的大度，乐进的配合——解决内部矛盾。实际上，史书李典在这一年后，再无活动记录。又李典谥号为愍侯，夏侯渊亦如此。很可能，李典是在合肥之战中受了致命伤逝世的。

张辽本身的勇武和凶猛做派——这是他的天生将才。

东吴军队制度的散乱——参考潘璋和甘宁那些糟心事儿就明白了。

最后，当然，还有孙权的不争气。

史书里，这一句话，气象万千：

辽叱权下战，权不敢动，望见辽所将众少，乃聚围辽数重。

在我想象中，当时的情景是：

合肥城下，四十六岁的张辽，自早晨杀到中午，血溅盔甲，挥长戟，指着孙权，圆睁双目，用山西话吼：

你下来！一对一！

三十三岁，身披虎皮，平时打猎胆子特别大、张昭怎么劝都不听的孙权，这会儿缩在垒里不动，说：

他们人少，快围他妈的！我这次没坐打虎车来，这老虎我不打了！

"所谓一与一，勇者得前。"

在离生死之际最近的时刻，谁先踏一步，也许谁就赢了。

张辽似乎一直是这样想的。

正史的吕布与流行文化里的吕布，已经不是一个人了

三国正史的人物后世声名，虽多变化，大致相去不远。曹操千载奸臣，孔明千载贤相，关羽千载勇武刚愎，虽有枝节，无人翻案。

独有一位人物，古今评价大不相同。

三国正史里，吕布吕奉先，区区一个乱世军阀。按其行事，则先后为丁原与董卓的部将，杀董卓后东奔出关，跟过袁绍，跟过张杨，趁曹操讨伐徐州时偷了兖州，投奔刘备后又端了徐州，最后曹操围下，投降身死。

如此而已。

时人评价，也高不到哪里去。陈寿说："吕布有虓虎之勇，而无英奇之略，轻狡反复，唯利是视。自古及今，未有若此不夷灭也。"

吕布有个不长脸的故事：部将郝萌趁夜起兵反他，吕布惊慌中，

光着身子，带着女人，从厕所逃命，到麾下高顺营中，跟高顺说自己所听声音；高顺判断是郝萌，前去平乱——话说高顺也是吕布麾下一个人物，为人清白不饮酒，带一支陷阵营横行天下，三年后吕布再被出卖（他总被部下出卖），高顺被擒后，不言不语而死，算是对得起他——且说当时，高顺对吕布如此忠诚，也忍不住劝谏过：

"凡破家亡国，非无忠臣明智者也。但患不见用耳。将军举动，不肯详思，辄喜言误，误不可数也。"

——说直白点，"我这种忠臣你都不听。你错得没边没谱的！"

司马光撰《资治通鉴》，忍不住来了句"布者反覆乱人，非能辅佐汉室，而又强暴无谋，败亡有证"。王夫之读《通鉴》，也附和了一句："吕布不死，天下无可定乱之机。"确实没错：像这种见一个跟一个、趁乱破坏局势的不稳定因素，谁看了都烦。

所以这大概便是历史凌驾了：

有勇无谋。反复无常。唯利是图。短视浅见。不稳定因素，导致众叛亲离。

正史在这一点上，是有公论的。

微妙的是：到今时今日，吕布这个形象，在流行文化，尤其是二次元里，居然红起来。

虽然许多人喜爱的吕布形象，和正史完全不是一回事了。

这又得多谢罗贯中先生了：《三国演义》里，罗先生凭空提高了吕布的形象。本来历史上，吕布只是并州一将，董卓诸多部将之一，但因为要安排"三英战吕布"这场虚构戏份，董卓既被表现成大魔王，自然得有吕布为鹰犬。于是《三国演义》里，吕布凭空多了许多武技表现。本来按正史，南北朝谈论勇将，多推关张。反是《三国演义》之后，吕布崛起，隐然成了三国第一猛将。

除了将吕布夸成三国第一猛将，罗贯中还给吕布加了许多光芒，包括但不限于：

——帅气。正史里没说吕布的相貌。《三国演义》里却对吕布容貌和身高大加夸赞。还有诸如头戴三叉束发紫金冠、体挂西川红锦百花袍之类的设定。

——兵器。本来正史里，吕布对郭汜有过一次单挑，记载是用矛。吕布本传里出现戟字，凡两次：一次是董卓生气，以手戟投掷吕布；一次是著名的辕门射戟，射的是辕门守卫者的戟。罗贯中就此，给吕布编出了一杆好兵器。这却也不奇：关羽正史并未有持刀的细节，被罗贯中根据"单刀俱会"这个细节描写出了青龙刀。

——貂蝉。正史里无此人，凤仪亭一节也是虚构，又是后世戏曲小说新加的，罗贯中也只是拿来借用。

——干爹。吕布正史并没怎么拜干爹，但罗贯中特意让他拜丁原、拜董卓。如此才显得他为了珠宝女色，不顾亲情。

其实细看之下，很容易发现：小说家对吕布的设定，许多都隐然按项羽去的。比如戟，比如宝马，比如美人。罗贯中写定了这么个形象，然后，就轮到游戏、漫画和其他周边，一起推波助澜了。

比如，许多漫画或游戏，都爱将吕布往项羽方面靠，俨然吕布是项羽再世，仿佛吕布兵困下邳城白门楼，就是项羽垓下遭遇十面埋伏似的。

不止一本漫画或电视剧，将吕布设定成一个不通人类文明的无敌勇者。更有甚者，香港漫画《火凤燎原》漫画里，吕布索性被设定为文武全才。

这就是二次元的吕布了：五彩斑斓、天下无敌、怀抱美人、众叛亲离、孤胆英雄、文武全才，无敌武者啊。

可以说，世界喜爱的吕布设定，不是正史设定，而是罗贯中的那个设定：无敌、美人、宝马、轻骄。不能怪普通人，尤其是年轻人们，喜欢这种设定。因为吕布在流行文化里，已被打造成了一个年轻帅气版项羽。对普通年轻人而言，吕布是个怀抱美人、胯下宝马、很能打的龙傲天啊。

最好玩的是，曾经吕布的缺点，包括但不限于反复无常、见利忘义等，在现代也被洗白了。还是《火凤燎原》这一漫画，设定如下：吕布是个现实主义者，所以他信奉只要能活下去，就能无敌。

对年轻叛逆、特立独行的二次元爱好者而言，这种黑暗哲学多酷啊！逆天改命、纵情任性，多好啊！

所以呢，这就是事实：正史的吕布，是有勇无谋、反复无常、唯利是图、短视浅见的乱世不安定因素军阀。

而二次元的吕布，是根据罗贯中描绘的、坐拥美女宝马的天下第一武者形象，延伸出来的姿态：一个现实主义、年轻叛逆、特立独行、不容于世俗、能打、热血、有美女、有宝马、有宝刃的鬼神武者,迷你年轻没胡子黑暗版项羽。

　　罗贯中给吕布加上各色属性时,大概万想不到,几百年后的年轻人,会爱上这么个姿态吧?

157 如何描述诸葛亮

175 出师表,何等的好文章

185 为何不出子午谷

193 诸葛治蜀

如何描述诸葛亮

许多人对许多事,都经历过类似心情:"以前总看见一个人被夸,后来发现可能不是那么回事,于是一横心走极端决定质疑这个人的一切。"

如此这般,大多是小时候深信不疑、稍年长后心生疑窦,最后悍然转向。这种逆反心态,基于逆反心理,外加深感被欺骗后的补偿心理,很容易让一个形象,从被高估转而到被低估。

比如,许多读书人视野中的诸葛亮,即是如此。

传统的民间诸葛亮形象,基本由罗贯中《三国演义》塑造,辅以各类民间传说。大体上,诸葛亮总是羽扇纶巾,仙风道骨,呼风唤雨,足智多谋,老成持重。京剧里,周瑜总是年少英俊,诸葛亮总是一把胡子,很少人在意:周瑜比诸葛亮还大了六岁。大体上,传统的诸葛亮,是民间概念里的智者形象,大有妖道风范。鲁迅先生总结过,罗贯中"状诸葛之多智而近妖"。

所以罗贯中的确是夸了诸葛亮——但是夸偏了。一个大政治家、外交家、军事家,被夸成了神仙。

许多人接触过一些正史,发现诸葛亮并没有火烧博望、水淹白河、火烧藤甲兵、草船借箭、借东风,发现诸葛亮并没有《三国演义》那么翻云覆雨算阴阳尽在掌握,便不免生逆反情绪。读书大略而过的,很容易握住陈寿的两句话做文章,曰:

"然亮才,于治戎为长,奇谋为短,理民之干,优于将略。"——噢!原来诸葛亮不擅长奇谋和将略啊!

"盖应变将略,非其所长欤!"——呀!都明说诸葛亮不擅长应变将略!!

于是,罗贯中苦心经营的妖道诸葛亮形象,基本垮台了。

但是,等一下:诸葛亮到底是怎样一个人?

诸葛亮不是个老成持重的小老头儿。

陈寿说，诸葛亮身长八尺。汉尺一尺合23公分，诸葛亮有184公分高，身材伟岸。三国时，大家并不那么高，《三国志》里，连太史慈七尺七寸约合177公分，都要提一句，诸葛亮在当时，"身长八尺，容貌甚伟"，高而且帅，兼且"少有逸群之才，英霸之器"。周瑜的相貌之好，天下皆知，然而史书上也不过"瑜长壮有姿貌"。仅论描述，还未必胜过诸葛亮。

这个高而又帅、家世还颇有背景——诸葛亮祖上诸葛丰当过司隶校尉，叔叔诸葛玄领过豫章太守——的山东男子，二十七岁上遇到了刘备，然后送出《隆中对》。话说，一千八百年后的今天，一个二十七岁、从没参加过工作、手握互联网、可以搜索各类信息的男生，开着PPT，给老板做预言，规划二十年后天下局势，只要能中个十之七八，也算是很了不起了，足以让股评家们羞煞；而当日，刘备面对的，是这么个演示：

那年刘备四十六岁，他很得人心，也被曹操誉为过英雄；髀肉复生，英雄之心不死。然而，四十六岁了，还是刘表门下一个客将。他当过公孙瓒的客将，当过陶谦的客将，跟过吕布、曹操、袁绍、刘表，到处受到尊重。然而只有在徐州陶谦刚死那段，刘备算是一方诸侯，其他时候，他总是给别人当手下。

他对面是一个二十七岁、没有互联网、没有工作经验、184公分高、相貌英俊的山东青年，在跟他说：不可与曹操争锋；可以与东吴结盟但不可图之；应该先占据荆州，然后拿下西川益州，如此天下三分；等天下有变，荆州益州各出一路兵马夹击中原……

刘备当时，一定觉得很玄幻吧？身为刘表手下客将，一个省级军阀的跟班，听一个青年跟他谈论如何分割天下？

很多年后，当他发现这些规划，居然都成真了，他又会是什么想法？

——当然，三国时，许多人都做大战略规划。比如，鲁肃、甘宁和周瑜，都提出过西取巴蜀，统一南方，和曹操分割天下。如果论战略的宏伟程度，这几位的想法，都不下诸葛亮的隆中对。问题在于：他们的构思，始终是构思；而诸葛亮的隆中对，在整整十二年后，完全实现了——公元219年，刘备平了汉中，与曹操孙权三分天下；关羽从荆州北伐，打得曹操意欲迁都……

如果不是孙权和吕蒙背弃盟约偷袭荆州，诸葛亮简直像个预言家。在看着诸葛亮的构思一步一步迈向现实的时刻,刘备会不会偶尔一迷糊,觉得诸葛亮是穿越来的?

诸葛亮,很大程度上,在三顾茅庐后,改变了刘备的思维方式。

《隆中对》时,刘备有志向但没想法,诸葛亮跟他提了:先取荆州,再取西川。

就在刘备当阳败北时,诸葛亮跟他提出要求,去和孙权结盟,共击曹操。此后诸葛亮渡江与孙权结盟,大夸刘备手下还有两万以上的人力,要求孙权与刘备"协规同力"。之后就是赤壁一战成功。

很少有人思考过:如果诸葛亮不在,刘备会怎样?依照刘备一贯的做派,他很可能直接依附了孙权,成为孙权的客将——一如此前,他依附刘表、袁绍、曹操们一样。而诸葛亮,一直在给刘备争取自己的一方独立领土。

而在拥有了诸葛亮之后,刘备第一次,试图主动拥有一片属于自己的领地。

诸葛亮和刘表的儿子刘琦关系甚好,还为他出了计策,逃脱了蔡瑁一族的迫害。于是刘琦和刘备成了利益共同体。赤壁之战时,刘琦成为了刘备的后盾；赤壁战后，刘琦又成为了刘备的一杆旗帜：刘备表奏刘琦为荆州刺史，于是荆州南部四郡，传檄而定。等刘琦一死，刘备名正言顺，接替刘琦，成了荆州牧。

他的第一片基业，是这么得到的。

然后，他的天下，才真正逐步开启。

诸葛亮，是个贤相。

陈寿在《三国志》里，说诸葛亮可以和管仲、萧何、子产、召公这些前代神话宰相相提并论。按刘备死时，诸葛亮四十三岁，为蜀汉实际的统治者。他所做的事儿：抚慰百姓，规定礼仪，确立官职，制订制度。开诚布公，实事求是，不搞虚的。结果是整个蜀汉对诸葛亮，是"畏而爱之"。又怕他，又爱他。奇怪吗？因为诸葛亮的治政风格，不是滥好人和稀泥，而是严刑峻法，行事狠辣。为什么没有抱怨呢？

因为他老人家处事太公平了，没人能抱怨。

——执法松泛招人爱，不难；执法严格，还能招人民热爱，这才是神话。

——换句话说，诸葛丞相，其实是诸葛青天大老爷啊。

诸葛青天的私人品德是完美的，这一点，罗贯中也很少说及。

诸葛亮曾跟后主说过，他的财产，合计是成都的八百株桑树和十五顷薄田，他自己死的时候，不会留下多余财产。到他故世时，确实如此。诸葛亮逝世后，蜀汉百姓私自在道旁祭祀他，最后朝廷看着没法子了，立起庙来，于是香烟鼎盛，真是有十里长街祭丞相的意思。诸葛亮殁后数十年，西川人民都在念叨诸葛亮好，仿佛西周人民歌颂周公召公一样，把他当圣人看待。

其他事实：

——虽然诸葛亮的《出师表》大家都会背，但大家很少意识到，他给刘禅安排的董允、费祎、蒋琬那几位多么帮忙。诸葛亮出征在外，朝廷照常运转；诸葛亮死后，蒋、费、董又让蜀汉朝廷稳稳运转了三十年。而在此期间，曹魏经历了正始之变，司马家当政，一个皇帝被贬黜（曹芳）、一个皇帝被杀死（曹髦）；东吴则有诸葛恪和孙綝两代权臣被杀，一个皇帝被废（孙亮）。相比起来，蜀汉直到灭亡，未曾内乱。

——诸葛亮确实是个发明家。虽然木牛流马没有传说中那么神奇,南征孟获时发明了馒头也只是传说,但连弩、铸刀等还是够瞧的。日理万机的政治家还能顺手搞搞发明,普京估计也得发愣。

这里其实涉及到一个认知误差。

在民间故事里,打仗是很简单的:

诸葛亮、徐世绩、李靖这种军事家,被描述成牛鼻子老道。

张飞、程知节(咬金)、胡大海这种猛将,被描述成花脸憨人。

君王都是软耳根子,要听奸妃和国丈的话。

打仗靠单挑和个人血气,谋略靠埋伏和火计,这些都符合老百姓朴素的价值观。

《三国演义》里,诸葛亮那些锦囊妙计、装神借风,其实许多灵感出自《全相三国志平话》,那都是民间段子。实际上,《三国演义》的许多读者,都以为徐州和荆州只是几座城池(小说里都有类似描写),不知道那是行政区划;以为打仗就是两阵对圆,谋士负责念几句而已。

不是的。

一向对诸葛亮的争议,总觉得正史中的他,没有如《三国演义》

那么神出鬼没,尤其是陈寿这两句话:

"然亮才,于治戎为长,奇谋为短,理民之干,优于将略。"——嗯,诸葛亮不擅长奇谋和将略。

"盖应变将略,非其所长欤!"——嗯,诸葛亮不擅长应变。

但是……等一下。

陈寿说诸葛亮长于治戎,治戎者,整饬军队是也。史书说诸葛亮用兵,"止如山,进退如风,兵出之日,天下震动,而人心不忧。"这几句,基本就是《孙子兵法》提到的境界了。兵法严整,不扰百姓,岳飞的岳家军也不过如此。至于他的屯营布阵,更是杰出,司马懿在诸葛亮死后去看他的营垒布局,感叹"天下奇才也"。

治军有法,统御有方,不过如此。

三国时,天下十三州。曹魏九州半,东吴二州半,蜀汉一州。人口到末期,曹魏超过四百万,蜀汉灭亡时三十八户,九十七万。吴国大鸿胪张俨的说法是:诸葛亮能用的兵力,基本也就是五万之数;曹魏的地界,十倍于蜀汉。结果是?

诸葛亮初次北伐，得到三郡响应，马谡街亭违背诸葛亮命令，败北，诸葛亮退兵。

诸葛亮攻陈仓，粮少退兵。魏国追击，王双被斩。

诸葛亮派陈式取了武都、阴平二郡，从此这两处半永久归于蜀汉统辖。

诸葛亮北伐，司马懿亲自督率张郃、费曜、戴陵、郭淮等来战，诸葛亮退兵，张郃追击，被射杀。

——这里得多提一句。张郃是曹魏五子良将之一，众所周知，曹魏除了夏侯惇、夏侯渊、曹仁、曹洪这几位亲贵大将，就是张辽、乐进、于禁、张郃、徐晃这五位最厉害了。夏侯渊死于定军山刘备指挥的黄忠所部，于禁被关羽擒住，张郃死于诸葛亮之手。张郃死时，是国家第二高的军事长官车骑将军。

诸葛亮最后一次北伐，与司马懿相持。司马懿不敢出战，又被手下嘲笑"畏蜀如虎"，于是跟魏明帝玩双簧：上书要求出战。魏明帝问辛毗："他要出战就出啊，这是闹哪出？"辛毗："他这明摆着是不想出战又得摆姿态。"于是辛毗亲自拿了天子诏令去前线，"不是司马懿不敢跟诸葛亮打看见没，是天子不让！"司马懿这才慑服了人群。

不知道您怎么看，但拿现在打个比方吧：

一个面积不到我国九分之一，人口不到我国四分之一的南方国家，跑来打我国五次，打得我国只有还手之力，我国军衔排第二的张郃元帅还战死了。

作为被攻打的那方，您会觉得脸面有光吗？

哪位说了：不对啊，陈寿不是说诸葛亮应变战略，不是长处吗？

实际上，原话是这样的：

"然亮才，于治戎为长，奇谋为短，理民之干，优于将略。而所与对敌，或值人杰，加众寡不侔，攻守异体，故虽连年动众，未能有克。"

翻译的意思：

他诸葛亮，相比起奇谋来更擅长治军，管理人民的本事比战略强，他所遇到的又是人中豪杰，加上又是主动进攻，加上人还不如你多，所以没能成功……

——这话细想，不大好听。好比有人跟你说，"哎呀我打麻将比较好,德州扑克不大行;您又是人中豪杰;我筹码还不如你多;在你家打德州扑克,我没打赢你"——你会不会觉得,他那句"人中豪杰",有点讽刺的意思呢?

——如果这样的人还算"不会打仗",那他的对手们,真是要羞愧死了。

第三方观点,吴国大鸿胪张俨认为:

诸葛亮用一州的土地,跟曹魏比起来,也就是九分之一的实力对比,结果因为耕战安排得当,刑法整齐,反客为主,几万步卒,居然有气吞天下之势;司马懿占据十倍的实力,手握精锐,居然没有擒诸葛亮的意思,只是忙于自我保全,让诸葛亮自来自去。假设诸葛亮不死,那么魏国从西北到中部,无法解甲释鞍。到这地步,胜负也很明显了。

——就这样,还能说诸葛亮没胜过司马懿么?

实际上,在公元 234 年,五十四岁的诸葛亮面对的是这么个局势:二十七年前,那个又高又帅的山东青年,在曹操已经控制天下三分之二的状态下,开了这局游戏。按说,天下定了三分之二,这个开局,已经太晚太晚了。

然而,诸葛亮认准了四十六岁、颠沛流离、四处给人打工的刘备,自己选择了最高难度。

他给刘备布置了隆中对,让刘备第一次试图拥有自己的领地。他为刘备促成了孙刘同盟,击退了曹操,掌握了荆州,控制了西川和汉中,三分天下。到此为止,他的计划很成功。他从当一个县级干部的秘书,一直把他推到了三分天下的君王位置。

然后,计划因为孙权和吕蒙偷袭荆州、斩杀关羽告终,随后是夷陵之战,以及刘备逝世——诸葛亮曾因为没劝住刘备而感叹法正的早逝。

但他没有认输。他靠自己完美的人格和才能,担当着蜀汉实际的君主地位,营造了一个富裕繁荣、路不拾遗、没有醉汉的国家——一个没有了他,还是可以支撑三十年稳定的国家——然后用只占对方九分之一的资源,不断攻击曹魏,试图让曹魏再一次发生内乱,然后把握住机会。他没什么物欲,家里也只有桑树八百、田十五顷。吃得少,想得多。

曹操手下,有自己出征时在后方主持日常工作的荀彧,有专门负责出谋的荀攸,有问啥意见都懂的贾诩,有给他下决定的郭嘉,有程昱、刘晔、蒋济、司马懿们。而诸葛亮,在刘备出征汉中时负责日常工作,在与刘备初遇时给他规划未来行程,给刘备下决定,最后自己亲自负责规划国家、制定法度、选拔官吏、训练、整饬、日理万机之余,还能搞搞小发明。

一种说法是:诸葛亮选择了刘备,是因为在这里容易出头——曹魏竞争太激烈啦。

然而:举荐诸葛的徐庶在曹魏,是御史中丞。刘备麾下的黄权,投降了曹魏,最后到了车骑将军(仅次于大将军的最高军事长官),开府仪同三司——金子到哪里都是要发光的。

而诸葛亮在蜀汉开国时,直接就是丞相。他的才具,到哪里都遮不住。

换成刘备视角,思索一下。

我是刘备,一个四十六岁的河北男人。人缘挺好,有一群好哥们跟着我,但奔走天下二十几年,一直没地盘。

眼看天下十三州分崩,我连一州之地都没有,也就在一个州领导手下做事,做一个县领导。

可恨的是,一个知道我器量,一心要害我的曹姓安徽人,已经把中国北方统一了,正准备来弄死我。

这年,我遇到一个二十七岁的山东青年。

他对我说:北方现在大局统一了,很难搞。咱们可以跟江南的一个年轻军阀结盟;再想法子拿下湖北和湖南这里,再拿下四川,向陕西走。这样三分天下。

等北方有机会了呢,陕西和湖北两路出兵,就有得打了。

他还说,这个套路叫隆中对。

我乍一听,觉得这个套路还真好玩,但真能实现吗?

那个山东青年还和州领导的大儿子打好了关系。结果那个姓曹的安徽人打过来了,州领导死了,州领导二儿子投降了,姓曹的把我打残了。我没办法了,穷途末路啦。

那个山东青年就亲自去江南，还真完成盟约了。

结果我又和姓曹的安徽人打了一架，打赢了。

我跟江南那个年轻军阀结着盟，因为山东青年跟州领导的大儿子关系好，许多当地人就听大儿子的话，也就听我的话，慢慢我把湖北湖南的许多地方都收了，我也有块地盘了。

后来我按照那个山东青年的思路，又想法子打下了四川，打下了汉中。

我之前奔走二十年，一寸地盘都没有，只能当个县领导，只是有一批好哥们和小舅子们跟着。

听了山东青年的话，我有了一个半州的土地，甚至还把那个姓曹的安徽人又打败了一次。

我有时想：怎么这山东青年说的那些话，听着也没什么，可是十二年来，一步步都实现了呢？

所以，是什么力量在支撑着诸葛亮，把这个一开始就注定要输，好容易打出转机又被盟友插了一刀的局面，一直扛着，一直到濒死之

定三分亮出草廬

际,还坚持领着军队,在西北渭水边缘战斗呢?不知道。

很多年后,东晋的桓温遇到一个百岁老人,说少年时见过诸葛亮。于是有以下对话:

桓温:"诸葛丞相今与谁比?"

老人:"葛公在时,亦不觉异;自葛公殁后,不见其比。"

我们后世,在知道前因后果的情况下,会觉得诸葛亮的所作所为,似乎也不那么可怖。

真站到他的处境,想一想他的日常生活,想一想公元207—234年间他的所作所为,如何硬生生改变了一个时代的走向,才能领会到他的匪夷所思。而且,他并不是罗贯中笔下全知全能的妖道,而是一个得吃饭喝水,会紧张会惊惧,依靠自己的智慧和品格来应对乱世的普通人。

站在他的世界里,用诸葛亮的眼光打量一下周遭,想象一下:为什么他二十七岁提了一个构思,然后就能一步一步实现,将一个绝境中的四十六岁县领导扶上天子之位,将公元208年看起来就要统一的局势,硬掰出一个鼎足之势呢?

真是太神奇了。

出师表,何等的好文章

诸葛亮的《出师表》,是好文章。

文章的好坏品第,一在质,一在文。

质者,立意、主旨。《出师表》的意图、主旨、姿态,无可置疑。其忠诚恳切,劝善抑恶,鞠躬尽瘁,死而后已,堪称千古表率。

当然啦,会有人逆反情绪重,觉得《出师表》属于道德文章,道貌岸然,没意思。然而诸葛亮以行践辞,这文章的意图劝谏,他最后以生命践行了,那便不只是道貌岸然了——慷慨陈词,人人都会;说出做到,便了不起了。

然而去掉背景,《出师表》依然是好文章。

《出师表》本身,留下成语极多:危亡之秋、妄自菲薄、引喻失义、作奸犯科、猥自枉屈、不知所云。但其好处,还不全在辞藻上。

后世刘勰、苏轼、王夫之都说过《出师表》的好处是畅,是简,是达。这意思是:《出师表》全篇浑然,恳切而不滞涩,不拖泥带水。文气畅达。

哪位问了:文气怎么来?

诸葛亮同时代的大文论家曹丕,于《典论·论文》中说:"文以气为主,气之清浊有体,不可力强而致。譬诸音乐,曲度虽均,节奏同检,至于引气不齐,巧拙有素,虽在父兄,不能以移子弟。"

唐朝李德裕《文章论》中解释过这段:"魏文《典论》称'文以气为主,气之清浊有体',斯言尽之矣。然气不可以不贯,不贯则虽有英辞丽藻,如编珠缀玉,不得为全璞之宝矣。鼓气以势壮为美,势不可以不息,不息则流宕而忘返。"

用现代人能理解的话:连贯、气势、节奏、均匀。

来到《出师表》。开头:

先帝创业未半,而中道崩殂。

今天下三分,益州疲弊,此诚危急存亡之秋也。
然侍卫之臣,不懈于内;忠志之士,忘身于外者:
盖追先帝之殊遇,欲报之于陛下也。
诚宜开张圣听,以光先帝遗德,恢弘志士之气;
不宜妄自菲薄,引喻失义,以塞忠谏之路也。
宫中府中俱为一体,陟罚臧否,不宜异同。
若有作奸犯科及为忠善者,宜付有司论其刑赏,以昭陛下平明之理。
不宜偏私,使内外异法也。

古文无标点,但我分个行,读一下便能感受其节奏,并非韵文,却是极漂亮的散文。长短分明,流畅自如。
先以一短一长句陈述现状,以急气开局。
两句铺排,陈述臣子们的心思。
三组宜与不宜,从宗旨到细节,都叮嘱过了。

以下:

侍中、侍郎郭攸之、费祎、董允等，此皆良实，志虑忠纯，是以先帝简拔以遗陛下。

愚以为宫中之事，事无大小，悉以咨之，然后施行，必能裨补阙漏，有所广益。

将军向宠，性行淑均，晓畅军事，试用于昔日，先帝称之曰能，是以众议举宠为督。

愚以为营中之事，悉以咨之，必能使行阵和睦，优劣得所。

两组均衡的人员介绍，用"是以，愚以为，必能"来做反复。这里文章气势，比开始和缓一些。

亲贤臣，远小人，此先汉所以兴隆也；

亲小人，远贤臣，此后汉所以倾颓也。

先帝在时，每与臣论此事，未尝不叹息痛恨于桓、灵也。

侍中、尚书、长史、参军，此悉贞良死节之臣，愿陛下亲之信之，则汉室之隆，可计日而待也。

先两句对仗,然后用今昔对比。两短一长,节奏均衡,然后一个长句收本段。

臣本布衣,躬耕于南阳。

苟全性命于乱世,不求闻达于诸侯。

先帝不以臣卑鄙,猥自枉屈,三顾臣于草庐之中,谘臣以当世之事,由是感激,遂许先帝以驱驰。

后值倾覆,受任于败军之际,奉命于危难之间:尔来二十又一年矣。

先帝知臣谨慎,故临崩寄臣以大事也。

受命以来,夙夜忧虑,恐付托不效,以伤先帝之明;故五月渡泸,深入不毛。

今南方已定,兵甲已足,当奖率三军,北定中原,庶竭驽钝,攘除奸凶,兴复汉室,还于旧都:此臣所以报先帝而忠陛下之职分也。

用两个短句和两个七字句对仗,带起抒情回忆。

陈述中间,散句加对仗,还是抒情回忆,感慨系之。痛陈本心,光照日月。

179

最后，用连续四字短句鼓足气势，陈述出师之气，仿佛击鼓壮行，慷慨无比。

至于斟酌损益，进尽忠言，则攸之、祎、允之任也。
愿陛下托臣以讨贼兴复之效；不效，则治臣之罪，以告先帝之灵。
若无兴德之言，则责攸之、祎、允等之慢，以彰其咎。
陛下亦宜自谋，以咨诹善道，察纳雅言，深追先帝遗诏。
臣不胜受恩感激，今当远离，临表涕零，不知所言。

连续四字句加速之后，放长句和缓一下节奏。最后，真诚地结尾。

文章除了辞藻，还有文气、流势、口感、起伏、长短、节奏。

如《出师表》这样，快慢、长短、散文陈述与韵文铺排并用，文气从头到尾干干净净，又清澈明亮，很是难得。

哪位说了：可是诸葛亮文藻不太华丽呢？对此，《三国志》作者陈寿，自己早有解释。

孔明初上出師表

陈寿在《三国志》如是说：

论者或怪亮文彩不艳，而过于丁宁周至。臣愚以为咎繇大贤也，周公圣人也，考之尚书，咎繇之谟略而雅，周公之诰烦而悉。何则？咎繇与舜、禹共谈，周公与群下矢誓故也。亮所与言，尽众人凡士，故其文指不得及远也。然其声教遗言，皆经事综物，公诚之心，形于文墨，足以知其人之意理，而有补于当世。

有人说诸葛亮文彩不够华美，说话太周到了。那是因为他说话的对象，都是凡人，周公这样的圣人也是如此。但诸葛亮"公诚之心，形于文墨"。

诸葛亮写文章，不是摆弄文采用的。他也不是摆弄文采的侍臣，而是心存天下的宰相。

所以文章要端正潇洒，老妪能解，因为这是要给天下看的。

且说东汉末期，所谓建安风骨，是为三曹七子。建安风骨，并非华丽妖艳，而是简练刚健，是质朴口语化。比如曹操"树木丛生，百草丰茂"、"白骨露于野,千里无鸡鸣"是慷慨悲凉。

汉末天下大乱,生民百不遗一。这时候还有心思玩弄辞藻的,可称全无心肝了。

所以三国时传世名文,比如曹操《让县自明本志令》,诸葛亮《出师表》,都是质朴流畅,刚健潇洒,上可以对天子,下可以对黎民。

因为他们是龙骧虎视跨凌天下的人,不是玩弄文字游戏的弄臣。

为何不出子午谷

《三国演义》与《三国志》里,都有个说法:诸葛亮北伐中原之前,魏延曾建议给他五千精锐,偷袭子午谷,直取长安。是为所谓"子午谷奇谋"。

《魏略》的说法更详细了:魏延认为长安守将夏侯楙年少,是个驸马爷,胆小人笨。魏延要精兵五千,"直从褒中出,循秦岭而东,当子午而北",十天可以到长安。魏延认定,夏侯楙听到蜀汉突袭,必定乘船逃走。于是长安拿下了,靠当地的粮食支撑军队。曹魏东边的援军还有二十天才能到,诸葛亮则从斜谷过来接应。如此,一举可以拿下咸阳以西。

诸葛亮认为这计策太险,没有采纳。《三国演义》里更说,魏延为此怏怏不乐。此后千古,不少论者都说"诸葛行事唯谨慎",不用这个计策，可惜了。

然而，这么想却是小觑了子午谷。

秦汉时期，川中、汉中向咸阳或长安输运物资时，多取褒斜道和故道，不取子午道。此后东晋桓温北伐，令司马勋出子午谷，结果被前秦丞相苻雄击败。

实际上，历史上子午道，都未被成功偷渡过，还成为许多人的梦魇之地：明末，闯王高迎祥一度企图偷渡子午谷，结果被俘。

这么个历史上没人成功过的案例，魏延却指望成功，可称大胆，但也想得太顺。他说的这个计划若要成功，必须满足以下条件：

其一，魏延的五千精锐，果真可以十日内，急行军到达长安——实际上，后来魏国大将军曹真西征时，也是走同一条线路子午谷，遇到大雨，结果军马在子午谷走了一个月，走不出来。

其二，长安的夏侯楙。必须是个彻底的草包，不但完全不设防，而且一听说蜀军来了，居然不守城，而选择屁滚尿流地逃走——如果夏侯楙不逃走，魏延可一点法子都没有：他五千急行军部队，不可能带攻城器械，如何取得下长安？

其三，此次偷袭，能够保持信息的百分百密封，魏国关中和南阳方面完全聋掉。

其四，夏侯楙吓得逃走了，还能给蜀汉五千人留足粮食。

其五，诸葛亮二十日内，将后续部队和粮草全部运到长安。

这五个条件，缺一不可。否则，魏延这五千人就完了：即便打下长安，也会立刻被魏国东方援军，反过来包饺子吃掉，片甲不回。

一个需要如此多巧合的赌博，真值得赌一赌吗？

哪位会说：五千人也不多，赌一把呗，没了就没了……事实是：后来蜀汉灭亡时，人口九十四万。诸葛亮历次动兵，全军从不多过十万。这十万部队里，精兵有多少？五千人马，已算是全国人口的两百分之一，何况还是精锐部队。就为了撞个大运，白白送掉？

更何况，哪怕魏延真能取得长安，也不是毕其功于一役了：曹魏国土，太庞大了，战略纵深煞是了得。马超当年大战曹操，也带兵打下过长安，在潼关与曹操对峙，结果还是输了。到诸葛亮之世，已经不是关羽时代，一个襄樊大捷，就能让各路反曹势力蜂起，"威震华夏"了。

诸葛亮当时掌握蜀地,资源、地盘、人力,都不及曹魏,冒不起险:一输掉,满盘皆溃。天下十三州,蜀汉一州,东吴两州半,曹魏九州半。人力,曹魏起码是蜀汉的四倍。

所以诸葛亮北伐时,经常往祁山陇右那边晃,一度攻占过南安天水安定,后来又永久性占领了武都阴平。诸葛亮希望的打法是:从西南取西北,再由西北居高临下,向中原进军。如果能把陇右割裂,等于断掉曹魏的右臂。他打得很稳,但不会出错。懂地理者自然明白:诸葛亮出汉中攻长安,是仰攻;迂回陇西打关中,是居高临下。诸葛亮求的不是速度,而是稳健地压制对手。

吴国的大鸿胪张俨,曾经这么比较诸葛亮和司马懿:

孔明起巴、蜀之地,蹈一州之土,方之大国,其战士人民,盖有九分之一也,而以贡赞大吴,抗对北敌,至使耕战有伍,刑法整齐,提步卒数万,长驱祁山,慨然有饮马河、洛之志。仲达据天下十倍之地,仗兼并之众,据牢城,拥精锐,无擒敌之意,务自保全而已,使彼孔明自

諸葛亮一出祁山

来自去。若此人不亡,终其志意,连年运思,刻日兴谋,则凉、雍不解甲,中国不释鞍,胜负之势,亦已决矣。昔子产治郑,诸侯不敢加兵,蜀相其近之矣。方之司马,不亦优乎!

——诸葛亮的蜀汉,实力只有魏国九分之一。结果耕战有序,刑法整齐,几万步兵,一副要取中原的样子。司马懿占据的地盘十倍于诸葛亮,掌握大军,坐拥精锐,守着城池,却没有擒诸葛亮的意思,只是自我保全。让诸葛亮来去自如。如果诸葛亮不死,魏国雍凉两州、中原之地,不敢放松战意。所以诸葛亮和司马懿谁胜谁负,很明白嘛。诸葛亮不明显比司马懿牛吗?

诸葛亮的最终目标是北伐,但他历次北伐,客观上起到的结果,就是牵制、骚扰和削弱魏国:只要他存在,魏国凉州雍州不敢解甲,魏国始终紧张于他的出征,不敢加兵(曹真伐过一次蜀,没贯彻始终)。

从结果看,这可能才是诸葛亮真正的战略:能北伐成功,自然好;如果不能,至少让魏国头疼,自己也能平安回去,保得蜀汉平安。

诸葛亮自己在《隆中对》里早说过了,北伐成功的先决条件是中原有变，所以不妨理解为，他大多数的进攻，都是以攻为守的牵制，而不是没等到机会，就一股脑下狠注赌一把，你死我活。

从结果来看，到他死，他终于也没输。

蜀汉也没有。

诸葛治蜀

中国古代,尤其是知识界,也有政治正确与不正确。在中国读书人那里,王道就是政治正确,霸道就是政治不正确。尧舜禹汤就是政治正确,秦始皇就不太政治正确了。简化来说吧:

所谓王道,就是以道德与仁义为基础,教化百姓,进退揖让。

所谓霸道,就是暴力与法治,让百姓畏服。

——这里多说一句,中国古书里的法,主要指刑法。因为中国古代,商人地位不高,所以民法商法不太严谨——这点不独中国为然,欧洲人的民法和商法,也是11世纪后渐次发展出来的。所以有人说,孔夫子讲礼,其实也不乏这种目的:人与人之间,可以靠礼的规范,起到西方靠民法调解民事行为的作用。

对爱好和平的人而言,当然是王道好,霸道差。

王道嘛，儒家嘛，谦恭礼让，温和有序。君君臣臣，父父子子。不争不吵，天伦之乐。多好。汉武帝罢黜百家，独尊儒术，西汉也疑似以儒为尊。

然而汉武帝的曾孙子汉宣帝刘病已，是个老实人，也是个明白人。在民间吃过苦，说话也比较爽直。刘病已的儿子热爱儒家，觉得爸爸不够儒，不够王道。汉宣帝就大怒，说了段千古名言：

"汉家自有制度，本以霸王道杂之，奈何纯任德教，用周政乎！且俗儒不达时宜，好是古非今，使人眩于名实，不知所守，何足委任！"

——本来就是王道和霸道一起来。纯粹靠道德教化，那哪行！世俗的儒生不懂时势，老觉得古代好，现在差，简直胡来嘛！

——他这话说得，很是政治不正确，然而却是大实话。

王道和霸道，是得一起来的；世俗许多儒生，确实也太脱离实际。

三国两位最大的人物，曹操与诸葛亮，都是法家。陈寿说曹操"穷申商之法术"，申是申不害，商是商鞅，春秋战国时的名相。

然而诸葛亮，虽然与曹操针锋相对，却也偏重法家。史书上有个说法，罗贯中引在《三国演义》中了：

却说当时刘备入蜀,诸葛亮定法纪,颇为严酷。法正提出异议,认为刘备刚刚入蜀,当争取当地的支持,理该效法刘邦对秦地父老的做法,约法三章,务求宽和。这也是大多数儒家的思想:对百姓,就应该宽和才对。

诸葛亮说了段话,大概意思:

不同情况不同看待。秦朝是法令严苛,大家受不了,于是刘邦用法比较宽。蜀地刘璋则是一直太弱,法令不严了,所以刘备要对他们严。

"威之以法,法行则知恩,限之以爵,爵加则知荣;荣恩并济,上下有节。"——用法令执行权威,不轻易加官进爵,这样才能让恩赏与爵位有价值,上下级关系才能有礼有节。

具体执行,便是以法令控制豪强,使其不敢恣肆;以道德教化百姓,使之感佩。所谓"训章明法、劝善黜恶"是也。

从结果来看,此后五十年,蜀地用诸葛亮法度,算是安居乐业。依法治国,严些也无所谓。《三国志》如是评述:

"刑政虽峻而无怨者,以其用心平而劝戒明也。"

诸葛亮（与他的继承者们）治国严峻，但无人抱怨，因为他用心持平，劝戒明晰，老百姓也过得好。

反过来，一味走极端，强调一条道走到黑，抛开剂量谈毒性，脱离实际谈宗旨，强调一个套路到处都适用，那就没谱了。

如果不按诸葛亮的做法，是什么样呢？

景耀元年，姜维还成都。史官言景星见，于是大赦，改年。宦人黄皓始专政。吴大将军孙綝废其主亮，立琅琊王休。

景耀元年是公元258年。吴国孙休登基称帝。那时离诸葛亮立法四十多年，离诸葛亮死已有二十四年，离费祎死已有五年。黄皓专政，风格与此前大不相同。

然后呢？

汉晋春秋曰：孙休时，珝为五官中郎将，遣至蜀求马。及还，休问蜀政得失，对曰："主暗而不知其过，臣下容身以求免罪，入其朝不闻正言，经其野民皆菜色。臣闻燕雀处堂，子母相乐，自以为安也，突决

栋焚,而燕雀怡然不知祸之将及,其是之谓乎!"

在黄皓治下,蜀汉就"主暗而不知其过,臣下容身以求免罪,入其朝不闻正言,经其野民皆菜色"。

民有菜色的同时,后主暗弱,不知道臣子罪过;臣子也就苟且着得过且过。这恰好是黄皓治下,法令不够严明的意思。

于是景耀六年,蜀汉灭亡。

蜀汉亡后,蜀汉旧官樊建曾被召去,面见司马昭的儿子司马炎:这对父子,也算是三国最大的大赢家了。司马炎也好奇:诸葛亮怎么治国?樊建答:"闻恶必改,而不矜过,赏罚之信,足感神明。"

司马炎的感叹,大概可以体现一个赢家对诸葛亮最后的钦敬:

"善哉!使我得此人以自辅,岂有今日之劳乎!"

君 王
Emperors

203　白帝托孤

211　刘备老来得子

219　刘备与高祖之风

229　孙权与东吴四都督

237　天下英雄，使君与操耳

247　像曹不这么没谱的天子啊

白帝托孤

刘备白帝城托孤,千古佳话。蜀汉大统,从此由阿斗承继,而实权实则给了诸葛亮。因为刘先主那句"若嗣子可辅,则辅之;若不可辅,君可自取",似乎让得过了。后世便颇有些阴谋论者,爱将这事想歪了:果真有君王,舍得把江山让给臣子?多半是刘备的奸谋。依此推想,仿佛刘备托孤,是在跟诸葛亮玩儿心眼。

——这却是想得左了。

史书原文是:

章武三年春,先主于永安病笃,召亮于成都,嘱以后事,谓亮曰:"君才十倍曹丕,必能安国,终定大事。若嗣子可辅,辅之;如其不才,君可自取。"亮涕泣曰:"臣敢竭股肱之力,效忠贞之节,继之以死!"先主又为诏敕后主曰:"汝与丞相从事,事之如父。"

建兴元年,封亮武乡侯,开府治事。顷之,又领益州牧。政事无巨细,咸决于亮。

——刘备在永安病重,把丞相诸葛亮从成都召来嘱托后事。亲口对诸葛亮说:"如果可以辅佐就辅佐他,如果他不才,你自己来。"

——还写了诏书给阿斗:"你要像对待父亲般对待诸葛亮。"

此时,诸葛亮四十三岁,刘备六十三岁,阿斗十六岁。

诸葛亮不是曹操那样作威作福的大权臣,如果刘备对诸葛亮有怀疑,完全不必对他这么做。实际上,刘备亲口嘱托诸葛亮,记于史书,又给阿斗下诏书,令他遵从诸葛亮的话,等于是亲手给了诸葛亮尚方宝剑,给了诸葛亮执政的正当性。

之后刘备驾崩,诸葛亮开府治事——所谓开府者,便是有自己的办事机构了。

所谓"政事无巨细,咸决于亮"——那就是一切事务,都是诸葛亮裁决。

刘备死前，诸葛亮是没有开府权的，也可以说，没有自己的一套班子。刘备身故，刘禅给了诸葛亮开府权：这是事实上，刘备父子，亲手将蜀汉权柄给他了。以行动表达信任，来得实实在在，比嘴上的叮嘱，实在多了——这是刘备给予诸葛亮的真正信任。

倘若刘备和刘禅真忌惮诸葛亮，又何必给他恁大权力？非把他从成都召来嘱托后事作甚？不如直接杀了，以绝后患嘛。

作为对比，曹丕死前，也托孤了：本家的曹真、老臣陈群、自己的朋友司马懿，三人一起被托孤，这就好彼此制约了。刘备何等枭雄，如果怀疑诸葛亮，大可多找几个人托孤，合伙牵制诸葛亮。

当然，一起托孤的，还有李严，是为诸葛亮之副手。

史书细节：

章武二年，先主征严诣永安宫，拜尚书令。三年，先主疾病，严与诸葛亮并受遗诏辅少主；以严为中都护，统内外军事，留镇永安。

章武三年春，先主于永安病笃，召亮于成都，嘱以后事。

李严是本来就在永安。诸葛亮则是刘备特意从成都召来的。两人一起受了诏书。刘备死后,诸葛亮开府,以及录尚书事。这两个权柄,李严没有。录尚书事是当日实权的象征,掌管枢密。只此一点,刘备确实没派人掣肘诸葛亮——如果存心制约诸葛亮,刘备是完全可以让李严或其他人,一起开府治事的。还是曹丕的例子,当年他托孤给曹真、陈群、司马懿三人,彼此制约;然后,陈群"与征东大将军曹休、中军大将军曹真、抚军大将军司马宣王并开府"——四个人开府,各有自己的一套班子。

然而蜀汉方面,刘备和刘禅只给了诸葛亮一个人开府权。这意思:相信你,也只相信你。

比起曹丕托孤一大堆、大家一起开府,彼此制约,刘备对诸葛亮,算是极真诚的了。

所以后世人等,觉得刘备这里耍了心机。却并没仔细想想:当时诸葛亮实在不算蜀汉大权臣。若担心他要谋逆,大可以不给他权柄,或派人掣肘他。若是怕诸葛亮有野心,则又何必用"君可自取",煽动野心家的灵感呢?

历史上的刘备,是个仁厚之君,是汉末乱世一群流氓军阀里面比较善良的。别的不说:他从来没屠过城,是为汉末三国仅有的一人。

陈寿写《三国志》是给晋主看的,没必要夸蜀汉,但还是说:"先主之弘毅宽厚,知人待士,盖有高祖之风,英雄之器焉。及其举国托孤于诸葛亮,而心神无二,诚君臣之至公,古今之盛轨也。

刘备大诸葛亮二十岁。从诸葛出庐,便托以信赖。听完隆中对,便"情好日密",还对关、张说自己仿佛如鱼得水。刘备定江南,让诸葛亮总督零陵、桂阳、长沙三郡,诸葛亮时年不过三十岁。刘备入蜀时,诸葛亮与关羽镇荆州:须知关羽比诸葛亮大了二十岁,资历更不是一回事。此后刘备外出时,诸葛亮镇守成都。刘备一登基,诸葛亮立刻录尚书事。

自古以来的君臣感情,很少到这地步的。所以刘备临终,托付诸葛亮,从头到尾的过程,也是光明磊落。

陈寿离刘备时代更近,知道的底细更多,也认为这里刘备和诸葛亮"心神无二"。人家颠沛流离如鱼得水生死伙伴一路战斗过来的,当然知道:政权的存续比血脉的存续更重要。

某种程度上，几乎可以说：诸葛亮是刘备真正的儿子——只是没有血缘关系而已。

刘备身故。诸葛亮受了托孤之重后，鞠躬尽瘁，死而后已。这是至诚对至诚。期间他不断地念叨表章，不断讨论先帝，不断说自己家里有桑八十、田多少顷，其他毫无积蓄。

不是他嘴碎，而是因为他身处嫌疑所在，自然有小人会絮絮叨叨，认为他揽权有私心。所以要一再剖明，终于鞠躬尽瘁，死而后已，无可挑剔。

身处嫌疑之位，而光明磊落，上下都服气，这样的贤相国，古今罕有。所谓"用心平而劝诫明"、"邦宇之内，咸畏而爱之"。刘备对得起他，他也对得起刘备了。

相形之下，许多将白帝托孤想得很阴暗的，多少小看了刘备：人家雄视天下，一代天子，和诸葛亮搭档了十几年，从无到有，开创基业，可不像抢糖的小孩子，会为了一点小事磨磨叽叽。

刘备老来得子

世上本没有十足的好事或坏事,塞翁失马焉知非福。比如,隋炀帝开大运河下江南玩儿,身死国灭,然而京杭大运河留着,实在是为后世人民立大功德。比如,李隆基的爸爸李旦,相对恬淡,没什么权力欲,当年让位给武则天,后来让位给儿子。以至于《旧唐书》里把他和李显扔在一起,说"率情背礼,取乐于身。夷涂不履,覆辙攸遵。扶持圣嗣,赖有贤臣"。说他只图自己快乐,还好有好儿子和贤臣。但反过来说,恰好因为李旦没啥权力欲,才相对及时地让李隆基掌权,和平过渡,制造了开元盛世嘛。

身为君王,出点什么情况,都可能影响深远——而且结果往往微妙之极。

正史里,刘备生儿子很晚,简直让人怀疑他雄性荷尔蒙不足。

《三国志·蜀志·周群传》明说了,"先主无须",刘备不长须。赵云百万军中怀抱阿斗的事,天下皆知。妙在那年阿斗还在襁褓里,而刘备那年,已经四十七岁了。今时今日,有人四十七岁生儿子,邻居道贺之余,都要私下打听:"大叔,平时都吃点啥补身体?"甚或背地里念叨:"那真是他儿子吗?"

当然啦,我们也可以一本正经地解释:刘备没胡子,那可能是体毛稀疏,也可能是上苍不公,他们兄弟几人的毛囊基因,都归了关羽;刘备生儿子晚,可能是早年多所奔走,无暇他顾,在新野待着,都有时间茅庐三顾了,时间充裕,于是……

事实上,刘备也确实是厚积薄发,后发制人。四十七岁生了阿斗之后,一发不可收,到他六十三岁逝世,有了三个儿子。体力确实太好了。作为对比:孙策出生时,孙坚二十一岁。这是正常的年龄。曹操生于公元155年,长子曹昂死于197年,而且二十岁就举了孝廉,则曹昂起码是177年生人,即,曹操最晚二十二岁时有了儿子。

二十来岁——这才是当时生儿子的正确年龄嘛。

但是呢,刘备这个生儿子晚的毛病——无论是生理上还是心理上的——从结果来看，对他的政权，倒未必是坏事。

中国人讲究多子多福。但统治者的儿子多了，烦恼也多。春秋战国时，无数的下克上来子弑父不提；千古明君李世民和康熙，都被儿子夺嫡搞得焦头烂额。即算三国：袁绍死时，河北还在袁家手里，三位少爷内讧，硬生生让曹操占了便宜；刘表两个儿子争大小；曹操家曹丕和曹植夺嫡；孙权到了晚年，还得把自己亲儿子给赐死。

刘备呢？三个儿子。刘禅，刘永，刘理。刘理早逝。刘永活到了蜀汉灭亡，封了侯。阿斗稳稳地当了四十一年太平天子。蜀汉没有魏吴两国那么多灾多难，没遭遇正始之变，没经历淮南三叛，没有孙峻政变。川中大小官员，算是安安稳稳地，过了四十年太平日子。

为什么说，这是刘备老来得子带来的呢？

话说，刘备早年没儿子，于是有养子刘封。孟达要叛离刘备前，跟刘封写过书信，其中有段话颇有趣，大概意思：

如今您和刘备，道路之人，没有血缘关系，然而占据权势；没有君臣之分，却处于高位。自从刘备立阿斗为太子以来，大家都狐疑不定。如今你在外头，还可以喘口气；一旦您回去了，就危险了。

这段话,虽然是孟达劝降,但结果被他料到。刘封败走后回成都,刘备责怪他跟孟达犯了错,又不救关羽;而诸葛亮"虑封刚猛,易世之后终难制御,劝先主因此除之",把刘封解决了。

诸葛亮在这里,出手挺狠。

但从结果上来看,除掉刘封,结果也并不坏。

刘备逝世时,传位刘禅,托孤诸葛亮。刘永、刘理被封了王,但无实权;诸葛亮时年四十三岁,掌握蜀汉大权,正是巅峰期;阿斗未满十七岁。于是诸葛亮摄政。

恰好因为刘禅年少,诸葛亮又在好年纪,蜀汉恰好来得及,让诸葛亮掌握大权。此后诸葛亮和刘禅,磨合得相当好。

于是史书所谓:

及备殂没,嗣子幼弱,事无巨细,亮皆专之。于是外连东吴,内平南越,立法施度,整理戎旅,工械技巧,物究其极,科教严明,赏罚必信,无恶不惩,无善不显,至于吏不容奸,人怀自厉,道不拾遗,强不侵弱,风化肃然也。

——诸葛亮掌握大权后,内政外交,无不完美。

——哪位会问了:这是在鼓励独裁吗?并非如此。独裁专权,从来是危险的:遇到独夫民贼、暴君篡逆,老百姓哭都哭不出来。

但蜀汉老百姓运气不错。孙盛说诸葛亮:

"事凡庸之君,专权而不失礼,行君事而国人不疑。"

诸葛亮是刘备身故后十二年,蜀汉事实上的君主。但他虽专权却不失礼,光明磊落,用心持平。所以在刘备死后十二年间,蜀汉还是保持着稳定发展。

诸葛亮殁后,刘禅维持诸葛亮旧法,直到黄皓乱政才见衰。但蜀汉终于,也没有像魏国和吴国那样频繁内乱到不可收拾。当然啦,蜀汉末年,朝堂的确有派系斗争,但那时离刘备逝世也快四十年了。

这里当然有诸葛亮的功劳。但刘备呢?"及其举国托孤于诸葛亮,而心神无贰,诚君臣之至公,古今之盛轨也。"

这种刘备——诸葛亮——刘禅的平稳过渡,令蜀汉得以,相对魏国与吴国,比较稳定。

刘备大诸葛亮二十岁。所以某种程度上,刘备简直是将诸葛亮当儿子看待的。刘备是蜀汉的开国君主,诸葛亮是蜀汉事实上的最高统治者与立法人。他们之间的彼此信赖与坦诚,让这个王朝,有个不错的开头。刘禅的年幼,刘备没有其他强势的儿子,客观上促成了刘备与诸葛亮核心意志的传达。

仅仅想象一下:

如果刘备二十七岁时生了刘禅,那么,刘禅登基时将是三十七岁。他能容得下年纪相仿的诸葛亮专权吗?未必吧。那么蜀汉会怎样呢?不知道。

许多时代的分崩动乱,都来自接班人的顺位问题。如果每个君王都能好好地老去,不用为了继承人问题打打杀杀,百姓也能免遭殃及池鱼。某些后裔的晚来,某些后裔的不存在,某些后裔提早意外死去,反而可以保证帝国一时的安稳。

刘备老来得子。

——于是季汉没有夺嫡之争,事权专一。

——于是诸葛亮得以在刘备死后,安然交接,秉政,建设,规划,并为季汉打下数十年的基础。

——直到诸葛亮去世后,他立下的法度与修造的公共设施,依然在发挥作用,所谓"亮好治官府、次舍、桥梁、道路……亮之治蜀,田畴辟,仓廪实,器械利,蓄积饶,朝会不华,路无醉人"。

——季汉直到灭亡时,百姓还相对安堵。汉亡之时,官府藏有金银各二千斤,锦、绮、彩、绢,各二十万匹。

这一片国土,除了公元263年的灭亡之战外,是相对和平,甚至富裕的。相比于此前"德政不举,威刑不肃"的刘焉刘璋父子时代,那是相去万里了。

所以啊:刘备晚生了几个儿子,少生了几个儿子,早早地干掉了刘封,某种程度上,造就了诸葛亮;诸葛亮又造就了蜀汉,以及蜀汉的百姓。诸葛亮死后半个世纪,"梁、益之民,咨述亮者,言犹在耳,虽甘棠之咏召公,郑人之歌子产,无以远譬也"。老百姓的口碑是最真实的,他们的传唱,在证明他们多怀念诸葛亮和他那个时代。

——而这,都来自刘备的一个"老来得子"啊!

刘备与高祖之风

1

历史上,刘备奔走天下,而四处得民心。秘诀何在呢?

《三国演义》说,是因为他是汉室宗亲,大汉皇叔,全国人民都尊称他"刘皇叔",实际是被罗贯中夸大了。真实的三国里,遍地都是汉室宗亲,没那么稀罕。刘表刘璋,刘虞刘宠,都是汉室宗亲。甚至曹操手下谋士刘晔,那是地道的皇叔,比刘备后台硬多了。

刘备得民心的秘诀,在外,是从不屠城,宽宏大爱。这是老百姓眼中刘使君的形象。

对内,也有一手。

《三国志》先说:"先主不甚乐读书,喜狗马、音乐、美衣服。少语言,善下人,喜怒不形于色。好交结豪侠,年少争附之。"

又总结说:"先主之弘毅宽厚,知人待士,盖有高祖之风,英雄之器焉。"

宽厚、坚毅、知人善任,又没架子,不折不挠,愿意结交豪侠。

赵云和张飞是河北人,关羽山西人,诸葛亮一个住在湖北的山东人,糜竺山东人,都跟着他跑到四川去了。

微妙的是,跟刘备的,很少有士族大家,但多豪侠。赵云是河北当地豪杰,张飞、关羽都不算是富贵出身。诸葛亮祖上是世家,但自己也躬耕南阳了。

2

都说刘备有高祖之风。那么汉高祖刘邦,是怎么凝聚人心、保卫领袖的?《史记·高祖本纪》说刘邦:"仁而爱人,喜施,意豁如也。常有大度。"

虽然也说他"慢而侮人",但刘邦是个没架子的老流氓,这点是没错的。

刘邦自己得天下后总结过,连兵百万纵横天下,不如韩信;转输军粮坐镇中央,不如萧何;运筹帷幄决胜千里,不如张良。

他的优点,主要是懂得用人,用好这汉初三杰。

韩信自己都这么说刘邦:陛下你不善带兵,带个十万就是极限了,我倒是多多益善;但陛下你善于带将领,善于用人。

刘邦私下里,众所周知,是个傲慢无礼的臭流氓。没事箕踞,伸着长腿,让人看他的下身。

初次见郦生和英布时,都在慢悠悠洗脚,摆足了臭架子。这得多讨厌哪。

但就从洗脚说起。

刘邦,对郦生这种儒生,前倨后恭,先是洗脚,听着说话有道理,赶紧起来穿衣服穿鞋子,给郦生谢罪,这就收了郦生。

对英布这种匪类出身的枭雄,刘邦先是洗脚,折英布的傲气;再大送宫室,让英布从低谷中看见天堂,又开心了,这就收了英布。

对儒生,刘邦待以礼。对游士,刘邦待以利益。

韩信跟刘邦总结过:您是臭流氓,但您舍得封赏;项羽虽然待人很君子,但不肯赏,摸来摸去,印都摸旧了,还是不舍得给。

刘邦呢？韩信问他要假王（暂摄的王）镇齐国，刘邦急得骂了，被张良和陈平踩了脚，立刻改口：大丈夫当王就要当真王，当什么假王！

垓下合围项羽时，刘邦果断地，彭越、韩信、英布，都给许诺了王爵。做大生意，肯花大本钱。

陈平与韩信名声不好，刘邦直接用，根本不在乎。沛县手下，都是赶车的、卖席的、小贩、狱卒出身，刘邦用得欢着呢。

最好玩的一个细节：

刘邦平北方乱，去赵地，征召各地军马不来，于是让周昌找当地四个壮士来。

刘邦先骂那四位："竖子也能为将？"骂得四人抬不起头。

再封他们千户，为将军。四个人喜出望外。

刘邦就用这手段，收了赵地民心。

这大概就是刘邦的秘诀。

他私下里骂骂咧咧，满嘴不干净一个老流氓。但用得着你的时候，是真对你好。比如鸿门宴前，项伯给他报信，立刻约为婚姻。

韩信与陈平可用，立刻用，不会拖泥带水。

骂归骂，赏也要赏。所以张良韩信都说过，肯跟刘邦的，许多都是好利益的人。被骂骂，无所谓；给实在的利益就行。虽然项羽手下许多是君子，刘邦手下许多是好利之人，但世上，永远是好利益的人比君子多。

刘邦小流氓出身，熟知人的劣根性。大家跟着你，你得让大家觉得有奔头。你自己是臭流氓没关系，但要对大家好，物质上不吝惜，自己又百折不挠，大家就有盼头了。

马斯洛先生说了，人的需求分层次。虽然现代管理学偶尔会质疑这思路，但大体上，人是得吃饱喝足，才能谈高尚的。项羽对属下宽仁，但有功不赏，这只满足了属下的精神。刘邦骂骂咧咧，粗枝大叶，但该赏就赏。属下有利益可图了。

世上有两类领导。一类优雅雍容，给你画天大的大饼，让你觉得自己活着有意义。一类并不画大饼，而是跟你一起，百折不挠地吃大饼。

前者适合大家吃饱了饭，可以谈理想谈情怀的环境。后者却可能获得一些最真诚热血的追随——刘备就是如此。

3

如前所述，刘备的态度，自带着一种选择性：乐意跟他的人，多不是士大夫，却多是豪侠，是热血男儿。所以不离不弃，贯彻始终。关张赵云初从之，则誓之以死。此后诸葛亮更为之鞠躬尽瘁。黄权受刘备之恩，眼看要被东吴击败，便去投了曹魏，却对刘备毫无猜疑。其得人心之力，简直匪夷所思。

因为在乱世里，刘备确实是卓然出众：大家都讲礼仪时，他偏有侠义精神。曹操围徐州，别人不敢救，他去救了，最后百姓推戴得了徐州；他在刘表麾下时，荆州豪杰都来跟从。曹兵来讨，刘备有机会取襄阳而不取，携民渡江，跟从他的荆州人士十余万众。说来说去，一句话：诚。

说来没啥新奇，但确实能得人心。

当然，所谓高祖之风，除了能得人心，还有折而不挠。

刘备四十六岁那年，还是个县领导。得了诸葛亮后，一度因为刘琮献荆州，被曹操追着打。但赤壁一战，他赢了；汉中一战，他又赢了——哪位说了，赤壁不是周瑜打赢的么？答：《三国志·武帝纪》里，可是明说曹操在赤壁，对手是刘备："公至赤壁，与备战，不

利。"——不利者,战败的讳称也。

四十六岁颠沛半生,从县领导底层做起,靠着身边一群热血豪侠,赤壁汉中,两败曹操,于是定鼎三分,六十一岁登基称帝。论折而不挠,当时实无人可与刘备匹敌。

哪位说了:《三国演义》里,刘备不该是个好哭的家伙么?答:非也。《三国志·先主传》,无哭字,有一个泣字:那是他去给刘表祭墓辞别时泣过,如此而已。刘备的天下,是自己一寸寸打出来的。东晋史官习凿齿如是说:刘备颠沛流离之际,依然信义鲜明,感动三军,与追随他的诸位同甘共苦。他用来结纳人心的,可不是什么嘘寒问暖之类小手段。

曹操说刘备"天下英雄,使君与操",周瑜给孙权写信时,说刘备是"枭雄",枭者,骁悍雄杰是也。

当时人都明白得很:昭烈皇帝刘备刘玄德,即便流离失所,终于折而不挠,而且对他的形容里,始终有一个雄字。

4

最后一个小细节。

《史记》里提到,刘邦曾被项羽逼得气急败坏,惶惶如丧家之犬。于是屡次将儿子女儿——未来的孝惠帝和鲁元公主——推下车去。他手下大将兼车夫夏侯婴屡次将孩子抱回来。

而刘备在当阳,也做过类似的事儿:丢下老婆孩子走了。赵云救了阿斗:

> 及先主为曹公所追于当阳长阪,弃妻子南走,云身抱弱子,即后主也,保护甘夫人,即后主母也,皆得免难。

刘备这里"弃妻子南走",与刘邦推孩子下车是一回事。真是刘家传统呢……

所以,《三国志·关张马黄赵传》里,说黄忠与赵云是:

> 黄忠、赵云强挚壮猛,并作爪牙,其灌、滕之徒欤?

灌是灌婴，刘邦手下的第一骑将。滕便是夏侯婴。将赵云比作夏侯婴，也是因为他与夏侯婴一样，救了主公的儿子、未来的天子。

孙权与东吴四都督

上

如果您生活在公元248年的建业,大概吴国舆论会这么跟您说起之前的几位统帅:

周瑜是吴大帝生涯初期,吴国伟大的军事家与音乐家。在前一任伟大领袖孙策逝世后,他果断带兵赴丧,稳定了当时的国内外形势,确立了吴大帝的英明领导。在赤壁之战这一大是大非的问题面前,他果断地探明了吴大帝看似动摇,实则已经下定决心的意图,慷慨陈词,打压了张昭为首的投降派,并身体力行,在吴大帝的英明领导下,指挥赤壁之战,击退了曹操。虽然在生涯晚期,围绕着他,也有若干诸如二分天下、功高震主等不实谣言,但周都督及时的死掉,保证了吴国的内部统一和团结，再次巩固了吴大帝对吴国的英明领导。

鲁肃是吴大帝生涯中前期，吴国出色的军事家、政治家和思想家，以及小有名气的剑术家。他是最早以王侯之礼参见吴大帝的臣僚之一，早早预言了吴大帝的伟大生涯。在西线，他和荆州的邪恶势力关羽长期进行外交和军事边境的斗争，在保持边境和平的前提下，也收回了荆南若干郡县，为国家获得了利益。但是，在吴大帝开始转变针对刘备政权的政策时，鲁肃表现出了资产阶级出身的软弱性和妥协性，没能及时跟进大帝精神，终于导致吴国在荆州利益上的若干缺失。整体而言，鲁肃是七分功三分过，我们要结合吴大帝语录，对他的生涯进行审慎的检视。

吕蒙是吴大帝生涯中后期，吴国伟大的军事家。虽然出身基层，一度被资产阶级的鲁肃认为是吴下阿蒙，但吕蒙同志一向刻苦自勉，业余自学，在理论和实践上都与吴大帝完美合拍。在建安二十年之后若干大是大非的问题上，吕蒙同志没有犯软弱妥协的错误，为了吴国利益，果断发动了荆州战役，并采取白衣渡江的策略，袭取荆州，惩罚了倒行逆施的刘备政权。他还利用分化瓦解，争取了刘备政权的重要将领糜芳。虽然天不假年，但吕蒙这种一切跟着大帝走、大帝说咬谁就咬谁的精神，值得全吴国人民学习。

陆逊是吴大帝生涯后期，吴国有争议的军事家和政治家。论功，他曾经在吴大帝的英明指挥下，在夷陵击败了刘备，并间接导致刘备的死亡和诸葛亮的上台；在石亭，他击溃了曹休。可以说，在其生涯初期，陆逊是一个合格的军事将领。但是，出身贵族的他不注意团结群众，在对蜀作战中无视韩当等老同志的意见，在对魏作战中则没有好好听取新晋军官朱桓等的意见。由于军功颇大，陆逊发生了膨胀，居然对吴大帝的英明领导发表了一些不当言论，对吴国的未来指手画脚，因此遭到了吴大帝的申斥。对陆逊，我们应当批判地看待，对其长处要谨慎学习，对其下场则应当引以为戒。

下

——以上这些，可以当做玩笑话。

但孙权眼中见出的几位都督，未必不是如此形象。

史家都说，孙权早年英明，割据江东；晚年残忍，导致内乱。

其实英明与残忍，在孙权本为一体。

众所周知，孙权治吴，颇有山大王作风：对部下诸将关爱有加，体恤部将的父母妻儿，让甘宁、周泰等热血汉子为他搏命。

孙权自己，好打猎，爱喝酒，性格说开朗也好，轻佻也好，曾牵出头驴来嘲讽诸葛瑾脸长，类似的事不胜枚举。

创业艰难时，孙权确实英明果敢，任用周瑜（终年三十六岁）、鲁肃（终年四十五岁）、吕蒙（终年四十二岁）、陆逊（与刘备决战时不到四十岁），都是锐气英发，推心置腹。涉及国祚承继时，也果于杀戮：陆逊简直是被孙权气死的。决意对抗曹操时，挥剑斩案；决意偷袭荆州时，下手狠辣；要跟曹魏服软时，甘居魏国封的吴王之职；要称帝时，也毫不辞让。

东晋史官孙盛说孙权对诸将好，确实能得人心：周泰为他受伤，他哭；陈武死了，他让妾殉葬；吕蒙生病，他祈祷请命；凌统家的孩子，他养着。但是，"令德无闻，仁泽罔著"，不算是个仁德的人。孙权嘴上刁钻，为人不甚厚道。登基之时，先夸周瑜功劳最大，又不阴不

孫權據衆據江東

阳说几句鲁肃，感叹他劝自己让了荆州；最后对德高望重的张昭说便宜话：赤壁时如果听了你的，我现在都是叫花子了。当场让张昭下不来台。清翰林王懋竑更认为：幸亏周瑜鲁肃死得早，不然未必不是陆逊和张昭的下场。

陈寿说孙权的话，皮里阳秋，所谓"任才尚计，有勾践之奇，英人之杰矣，故能自擅江表，成鼎峙之业"。勾践这个对比，可谓含义深远。众所周知，勾践与孙权同为江南人，曾经屈身事吴，忍辱负重，任用贤臣；一旦灭吴之后，翻脸无情，将功臣文种赐死。所谓能共患难不能同享福，刻薄寡恩之人。

看孙权曾经对张昭、鲁肃和陆逊的恩遇，联想到他晚年跟张昭的矛盾、对鲁肃的便宜话、气死陆逊，大致可以得出结论：孙权不失为英杰，但着实不算是个仁德的君主；他的早年英明和晚年刻薄，其实是一体两面。

当然，他够热情，够活泼，爱开玩笑，喜怒情绪化，是个很有人味儿的君主，这倒是真的——孙权犯过许多错误，但他能自责。跟张昭吵架之后，他会上门去拜见，把张昭载于车中带回，亲自认错；用吕壹用错了，他会引咎自责；把陆逊气死了，他也会去跟陆抗哭："我之前听了谗言，跟你父亲不合，真是对不起你。"曹操晚年已经没这么随和了，孙权却终究还是个肯认错的主儿，也难怪东吴诸将，都还服气他。

天下英雄,使君与操耳

世人都说,曹操一辈子精明,刘备仁厚老实。然而老实人让奸雄吃过一次大暗亏:当日刘备被吕布打出徐州,曹操给刘备表奏了个河南省长豫州牧,一起去打吕布,平徐州,打赢了,把刘备妻儿老小抢回来了。

曹操真够意思。

回去许都之后,曹操表现得,真是喜欢刘备:"出则同舆,坐则同席。"出去坐一辆车,坐同一个沙发,感情甚好。还说了著名的"今天下英雄,唯使君与操",《华阳国志》里说,曹操说这话时,恰好打雷,刘备吓丢了筷子,就用打雷圆过去了。这段子太精彩,《三国演义》里原样照搬,只是还加了曹操论天下英雄的一段独白,甚佳。

曹操如此厚待刘备,结果刘备没给面子?私下里和董承谋划搞定曹操,这就是《三国演义》里所谓的衣带诏事件。刘备自己又问曹操要了兵马,带着朱灵、路招去打袁术,完事之后,袭击徐州,杀了徐州刺史车胄,自己占据了徐州后,又和袁绍同气连枝,两面夹击曹操。曹操大概气死了:我那么相信你,帮你夺回你的地!抢回你老婆!你带我的兵!杀我的人!夺我的地!还要和袁绍一起干掉我?!

刘备这次逃脱的时机,可谓精彩:曹操对他正在恩厚之时,刘备自己在征讨徐州时,也一直附和曹操,劝曹操杀吕布啦、自己种菜啦,赶上曹操正在与袁绍对峙,收买人心之时,料不到刘备恰在此时发难。再早再晚,刘备怕也逃不走了。

哪位问了:刘备放着好好的豫州牧左将军不做,非要离开曹操闹独立,逃到天涯海角去。为什么?简直不但傻,还显得坏呢。

这就是刘备英雄的地方了——人家仁厚,但并不傻。

有人一定会说,曹操器量极大,张绣这种有杀子之仇之人来降,都放过了。以后,真会害刘备么?

然后几年之后,鲁肃如此劝过孙权:

"今肃可迎操耳,如将军,不可也。何以言之?今肃迎操,操当以肃还付乡党,品其名位,犹不失下曹从事,乘犊车,从吏卒,交游士林,累官故不失州郡也。将军迎操,欲安所归?"

——普通士大夫归降曹操,不过换了个主子。诸侯归降曹操,能有什么好下场?

我们看看汉末诸侯的下场:

大将军何进,死于宦官之手。

张角,作乱而死。

董卓,内乱而死。

吕布,被擒杀。

张杨,死于自己人之手。

袁术,流离中病死。

袁绍,战败后病死。

公孙瓒,被攻破城池时杀尽满门而死。

李傕郭汜,部下传其首级。

数不胜数。凡是当过头的,几乎没好下场——本来嘛,寄人篱下的,有好日子过么?

原冀州老大韩馥,已经跟了张邈,怕被出卖,自尽死。

张绣跟了曹操，正史说病死，《魏略》说是他担心自己得罪了曹丕，自尽死。

刘阿斗被捉去见司马昭，说了著名的"不思蜀也"，才算逃一条命。

孙坚曾经是归附袁术的，最后死于乱箭之下。

当过诸侯，有过派系的人，乱世就是安你不得。

连荀彧都可以被曹操逼死，刘备在曹操治下，那还不是一抬手的事？

哪位会说了，曹操看重刘备是英雄，"天下英雄，使君与操"，多半不会杀他吧？然而，曹操和袁绍也是好朋友，曹操与荀彧感情最好时，"吾之子房"。等涉及到政治斗争时，要杀人，那是眼都不会眨。

说一下曹操的性格。

《三国演义》里将曹操写成奸臣，着实入木三分。历史上，曹操不失为一个英雄，还是个不修边幅的英雄。曹操爱读书，"手不舍书"，而且会写诗"登高必赋"，但不是迂腐读书人，"雅性节俭，不好华丽，后宫衣不锦绣，侍御履不二采，帷帐屏风，坏则补纳，茵蓐取温，无有缘饰"。过着简朴素雅的日子，帷帐都能打补丁。私下里又很是不羁，不修边幅，"每与人谈论，戏弄言诵，尽无所隐，及欢悦大笑，至以头没杯案中，肴膳皆沾污巾帻，其轻易如此"。说话没轻没重，一脑门子扎进酒席上，也是有的。

曹操早年，是很懂得收买人心的，用人不疑。程昱劝曹操杀刘备，曹操说"收揽英雄之时，杀一人而失天下心，不可。"

吕布死后，部下臧霸藏匿；曹操将他招来，就将青州与徐州委托给他。

曹操曾经信赖魏种，听说他一度背叛，怒喝："他要么逃到北边胡地、南边越地去，不然绝不放过！"真捉住魏种了，叹口气，"有才啊！"又放了。

但另一方面，曹操并不那么宽厚。"然持法峻刻，诸将有计画胜出己者，随以法诛之，及故人旧怨，亦皆无余。其所刑杀，辄对之垂涕嗟痛，终无所活。"——执法如山，老朋友都不放过。哭归哭，杀归杀。

更可怕的是，他记仇。早先，袁忠当沛相时，曾经想法办曹操，沛国的桓邵看不起曹操，陈留的边让骂过曹操。曹操将边让家灭族，袁忠和桓邵吓得逃到岭南，曹操还是追杀不断。桓邵最后自首见曹操，下跪求告，曹操只说了句："下跪就能免死吗？"——照样杀了。

《三国演义》里写曹操怕人接近他，于是"别靠近我，我梦中好杀人"。正史里另外有个细节：曹操有个宠幸的姬妾，曹操枕在她身上睡觉，"一会儿叫醒我"。姬妾看他睡得踏实，让他多睡会儿，曹操自己醒了，就将姬妾棒杀了。至于《三国演义》里说曹操小斛分粮杀粮官、纵马麦田断头发之类，也都是有的。《三国志》注说曹操："其酷虐变诈，皆此类也。"

历史地位上，曹操着实是，如陈寿所言：有申不害、商鞅般的法术，有韩信、白起般的将才，知人善任，明略最优，是所谓"非常之人，超世之杰"。但刘备很早就看出来了，曹操久了之后，是不能容人的。

所以刘备在一个适当的时机，逃走了。《三国志》里，陈寿如是说刘备："然折而不挠，终不为下者，抑揆彼之量必不容己，非唯竞利，且以避害云尔。"

——刘备所以百折不挠，不肯做曹操的手下，大概也是看出他器量必然容不下自己，所以他永远站在曹操正对面，不只为了跟曹操争天下,也是免得被曹操害。

曹操五十六岁那年,交出了著名的《让县自明本志令》。这封表章写得未必全是真情实感,但有些事很实在:说他自己少年时,也不过想夏秋读书,冬春射猎;后来参军,理想不过是封侯,死时墓碑上刻个征西将军就高兴了。所以他后来因缘际会,位极人臣,已经过了自己的期望。

但是:想要咱交出兵权?没门。因为一交出兵权,就会被人坑害。不能为了点不贪图功名的虚名,就让自己处于实祸之中啊。

然欲孤便尔委捐所典兵众以还执事,归就武平侯国,实不可也。何者?诚恐已离兵为人所祸也。既为子孙计,又已败则国家倾危,是以不得慕虚名而处实祸,此所不得为也。

按说刘备曹操,那可是"天下英雄,唯使君与操耳",应该胸怀大志腹有良谋,吞吐天下宰割山河。可是到老来,曹操承认自己握着兵权是为了避害,刘备被认为五十多岁入川开基业,是为了避害——敢情二位闯一世基业,就是为了别被人害死啊?

中古政治,都是如此。到了某种地步,就可进而不可退,不是你死就是我亡。所以权力这东西,沾了手,就再不能放开了。

曹操与刘备都逝世,又过去近三十年,魏国发生了正始之变。司马懿蛰伏装病多年后发难,夺取首都,逼迫掌权的大将军曹爽交出兵权。当时曹爽部下谋士桓范,建议曹爽征召兵马与司马懿对决。司马懿则让太尉蒋济去对曹爽说,"太傅(司马懿)指着洛水起誓,只要交出兵权,便不会害你。"

曹爽考虑了一夜,相信了司马懿,交了兵权。可惜,乱世里,誓言顶什么用?正月兵变,二月曹爽被司马懿诛杀。司马家从此掌权,为十六年后的以晋代魏打下了基础。

司马懿没忘记蒋济,封了他都乡侯,但蒋济自觉失信于人,传了假消息,坑了曹爽,于是拒绝封赏,当年也发病去世了——蒋济当到了魏国太尉,却还是低估了乱世的权诈:你曾经或现在掌握过权力,就给了别人诛杀你的动机。

刘备就没有冒类似的险:宁可奔走四海,与曹操在徐州、荆州、

江夏、蜀中、汉中不断对峙,也不肯低下头跟曹操。陈寿说得到位:"以避害云耳。"

乱世里往上爬,未必是为了爬多高——只是为了,活下去。

像曹丕这么没谱的天子啊

曹丕大概是中国历史上,最浪的天子之一。

浪的意思不是浪荡,而是飘忽不定,一言以蔽之:不太像个天子。

魏晋风流,五石散的祖师爷何晏,出了名的面色雪白。曹丕很好奇:他怎么这么白,是否敷了粉?于是朝堂之上,大热天的,请群臣吃热汤饼,盯着何晏看,看他是不是出汗,粉会不会掉下来——这皇帝好奇心真重。

建安七子之一,大才子王粲(字仲宣)死了。曹丕带着一批文人去祭奠,在王粲墓前,曹丕说:"仲宣平日最爱驴叫,我们一起学一次驴叫,让他入土为安吧!"于是,王粲墓前,一片驴叫声——这皇帝真没仪态。

曹操麾下有位叫王忠的,西北人。当时长安附近扰乱,王忠没粮食吃，饿极了，吃过人肉。曹丕知道了这事，就拿这事挑他：让手下人拿了坟墓里的骷髅，系在王忠马鞍上，当乐子哈哈大笑：看看，这就是你吃剩的人骨头！——这皇帝笑点真奇怪。

曹丕很爱自鸣得意，写文章念叨自己一日徒手获獐鹿九只，野兔三十只。而且他善于打蛇随棍上，他人一捧，他便起舞。

——荀彧夸他善于左右开弓，曹丕不以为然：我还能骑射呢！

——奋威将军邓展和曹丕以甘蔗当剑比划，曹丕屡胜，于是得意了：邓将军应该捐弃所学，跟我从头做起嘛！

——至于其他弹棋、舞戟之类才艺，不消多提。

吹嘘自己的才艺时，曹丕颇有点不择手段：自称六岁会骑马，十岁时随父亲征讨宛城，遭遇张绣之乱，曹丕仗着自己骑术精湛，逃出来啦！以此事来吹骑术时，却似乎忘了自己兄长和叔伯兄弟曹安民，都死在宛城了。

曹丕真忘了张绣之事么？也未必。

话说张绣与贾诩，坑害了曹操的儿子曹昂、侄子曹安民、大将典韦，间接导致曹操和自家丁夫人分居，曹操至死都心里有个疙瘩，觉得自己葬送了曹昂，对不起丁夫人。但曹操到底是世之奸雄，拿得起放得下。当日曹操与袁绍对峙时，贾诩果断劝张绣归降曹操，就是判定曹操为了取信于天下，不会念及旧恶。果然曹操握着贾诩的手，说"使吾信重于天下者，子也"，倍加荣宠。平河北时，曹操诸将封侯都不到一千户，唯张绣二千户；曹操先许诺贾诩冀州牧，此后封太中大夫。可谓手段老辣，姿态端正。

然而曹丕却没那么宽宏大量了。依《魏略》说法，曹操给张绣面子，曹丕却时不时敲打张绣，"害了人家儿子，还到处露脸，也好意思！"张绣压力很大，自尽了。

曹丕与他父亲的格局大小，以此可见一斑。

至于曹丕迫害弟弟曹植，逼迫曹植七步成诗的事，天下知名，不复多言。少有人提的是，曹丕另一位弟弟黄须儿曹彰，在丕登基第四年到洛阳朝见，就死在了首都，三十三岁而已。

原因不难想象。至于曹丕那位著名的洛神夫人甄宓，是因为曹丕宠爱郭夫人，才予赐死：入殓时，甄宓"披发覆面，以糠塞口"，佳人如此，堪为无情。妙在甄宓长曹丕四岁，郭夫人长曹丕三岁——似乎曹丕总对长自己几岁的女子情有独钟?

这大概就是一个天生贵公子的性情。才华横溢,名闻后世,所以难免轻薄,缺乏同理心,至于任性了吧?

曹丕能多任性呢?当年他能为太子,是因为贾诩在曹操耳边那句提醒,"袁绍和刘表家那点事",曹操知道袁绍和刘表废长立幼,于是残灭,才下决心定长子曹丕为太子。此后曹丕登基,立时将贾诩封为太尉。孙权听说后,大笑。所笑何来?太尉是三公之一,司马懿说是"三公之官,圣王所制,著之典礼",是个讲究品行和姿态的官职。贾诩一个阴谋家出身,只因对曹丕有恩,曹丕便还以三公之位,真是没谱极了。

曹丕最没谱的一件事,是这样的:

夏侯渊之子、荆州牧夏侯尚,在曹丕登基后,算是南方的屏障。他与曹丕少年好友。虽然杜袭常说夏侯尚不是良友,曹丕依然对夏侯尚一门心思的好。甚至给了夏侯尚"作威作福、杀人活人"的权力,闹得蒋济都劝曹丕:这样的恩宠,太过啦。

且说夏侯尚的夫人,是魏国宗室德阳乡主。夏侯尚别有宠幸的

爱妾，冷落夫人。曹丕为宗室主持公道，派人去把夏侯尚的爱妾杀了——简直岂有此理。夏侯尚却是个情深之人，葬了爱妾后，神思恍惚，又去上坟、挖墓、抱尸痛哭，悲剧的始作俑者曹丕听了，虽然难过，却追忆杜袭的话，说了"杜袭看不起夏侯尚，是有道理的"。一年后，夏侯尚过世。曹丕也难过，也流泪，却似乎没意识到，他的任性，才是悲剧的主因。

陈寿写《三国志》时，总得想法子给魏国说好话。所以他如此说曹丕：

"文帝天资文藻，下笔成章，博闻强识，才艺兼该；若加之旷大之度，励以公平之诚，迈志存道，克广德心，则古之贤主，何远之有哉！"

——意思是，曹丕文章写得好，有学问，有才艺；如果有大度、够真诚、多讲点仁德，离古代的贤君也不远啦！

——这就是说话的艺术了。陈寿的真实意思，可以这么理解：曹丕没度量、不真诚、不仁不德。也就是文章写得好，有学问，有才艺而已啊。

谋臣
Advisers

257　曹操与荀彧

273　世上的谋士

305　王朗王司徒，三国最大的人生赢家

曹操与荀彧

东汉末,曹操扶持汉献帝,为了什么呢?

这是道送分题。您自然眼都不眨,便说了:"挟天子以令诸侯嘛!"

然而这么说,着实未必正确。这句话,还真是罗贯中在小说里,强塞给曹操的。按正史,乃是袁绍谋臣沮授,首先跟袁绍说:

> 将军累叶辅弼,世济忠义。今朝廷播越,宗庙毁坏,观诸州郡外讬义兵,内图相灭,未有存主恤民者。且今州城粗定,宜迎大驾,安宫鄴都,挟天子而令诸侯,畜士马以讨不庭,谁能御之!

——您家祖辈都侍奉天子,大家都知道您忠义;如今朝廷宗庙涂炭至此,没人去扶保天子,体恤百姓。您就去把天子迎到河北来,挟天子而令诸侯,蓄养士卒去讨伐不听话的,谁能挡啊!

是故,"挟天子以令诸侯",是袁绍麾下沮授的主意。

曹操呢?他的口号是"奉天子以令不臣",侍奉天子,号令诸侯。

——当然,事实上,对外说是奉天子以令诸侯,对内就是挟天子以令诸侯,其实是一回事。无论在袁绍还是曹操手里,天子都是个玩具而已。

但本文主旨,不是为了玩"挟天子"、"奉天子"这个文字游戏。问题是:既然天下都知道,天子是个玩具,挟他有什么用呢?诸侯又不是白痴!

袁绍当时没听沮授的话,去迎汉朝天子汉献帝,好拿来挟一挟,是因为他的其他手下郭图、淳于琼说话了:汉朝完蛋许久啦,兴复他干嘛!而且如今军阀割据,群雄逐鹿,讲究先发制人。如果咱们保了天子,动辄要上表等他下指示,听还是不听呢?

的确如此。事实是,曹操保了汉献帝,自己掌握汉朝朝廷名义大权,诸侯也并没屁滚尿流、望风而降。本来嘛,汉献帝又不是原子弹,拿出来吓唬谁啊?曹操后来以汉朝丞相身份,南下找东吴,周瑜跟孙权说了句名言,说曹操"托名汉相,实为汉贼。"

你奉天子有啥用？周瑜一句话就给否了。

因为汉献帝自己，乃是大枭雄董卓所扶持登基的。董卓在汉末的声名，着实不算光彩；诸侯又是赳赳武夫，枪杆子里面出政权，汉朝已经凋零，你个天子出诏书，奈何咱不听，你能怎么样？

——八国联军侵华前，李鸿章们为首的汉人封疆大吏，就机智地抱团，大搞其"东南互保"，说朝廷下来的诏书都有问题，不奉令。天高皇帝远嘛！你能奈我何？

所以，曹操挟天子以令诸侯，到底有什么用呢？

答：事实是，曹操挟天子以令的，不是诸侯，主要是诸侯的手下人。

宋朝时，赵匡胤搞杯酒释兵权，对部下们说了这么句厉害话，吓得部下们立刻上缴了兵权："人谁不想要富贵呢？一旦有人强行给你们来个黄袍加身，你们想不当皇帝，还由得你们？"

是啊，在乱世中，许多时候，诸侯不是爱听自己手下的话，只是大家都是军阀，不得不听。不听？反给你看！

曹操征定四方，扫荡诸侯，当然很能打；但至少有三个军阀，是被手下人哄着,投降了曹操的。哪三个?

曰南阳张绣,曰荆州刘琮,曰汉中张鲁。

——张绣杀了曹操的儿子曹昂、名将典韦,对曹操很是忌惮,在袁绍和曹操之间权衡押宝。他手下谋士贾诩,乃是三国数一数二的人精,先是亲自开口把袁绍使者给赶走了,自己又跟张绣说:曹操奉天子以令不臣,很在意信誉;你跟他有仇,去投靠他,正好让他彰显自己宽厚大度嘛!于是张绣投降了曹操。曹操果然厚待张绣,不计前嫌,还拉着贾诩的手说:"使我信重于天下的,就是你啊!"

——刘琮的父亲刘表一死,刘琮的妈妈蔡氏、舅舅蔡瑁,加上荆州原有的名流谋士蒯越等,都劝他投降。于是偌大的荆州,直接归了曹操。

——张鲁在汉中时,觉得自己在山窝窝里,无人能左右,一度想自称王,被麾下谋士阎圃劝阻;后来曹操打将过来,张鲁打不过,意图直接投降,阎圃劝他别趁着危急时投降,先走到四川去,谈判之后再投降。张鲁都乖乖听话了。

曹操南下东吴时,东吴有过著名的战与降论争。张昭与诸文臣主降,鲁肃与周瑜主战,这段子后来被敷衍成"舌战群儒"、"智激周瑜",天下皆知。如果乍看这个,会很奇怪:孙权年轻气盛,二十六七岁的年纪,要战要降,自己一句话的事,跟大家讨论那么久干嘛?

结合一下上面三个例子,便不难明白了。

曹操挟天子,令的不是孙权、张绣、刘表、张鲁这些诸侯,而是他们手下的人。汉末群雄,还真得被手下人掣肘着。

——刘表自己,是朝廷委派的荆州大当家,没有兵卒,匹马到荆州。完全是蒯越、蔡氏这些士族派系,帮着刘表定了荆州。所以刘表一死,荆州战与不战,蒯越和蔡氏是很有话语权的。

——孙策刚定东南时,手下没读书人;张昭是彭城名士,南下之后,江东若干大族都对他敬服。所以后来孙权都不爽,跟张昭吵架时说:"吴国士人,进宫拜我,出门就拜你。我也算给你面子了!"

鲁肃劝孙权战曹操时,说过句大实话。这才是曹操"挟天子以令诸侯"的真意——"今肃迎操,操当以肃还付乡党,品其名位,犹不失下曹从事,乘犊车,从吏卒,交游士林,累官故不失州郡也。将军迎操,欲安所归乎?愿早定大计,莫用众人之议也。"

——"如果我鲁肃去跟了曹操,曹操还会让我当官;孙权您如果跟了曹操,那是什么下场?!"

诸侯们当然都知道,自己跟了曹操,未必有什么好下场;但架不住自己麾下的读书人士族,心向朝廷。仔细想想,也正常:诸侯手下的人物,好比个私企打工的,曹操代表政府过来招安;私企老总也许不乐意,私企打工的却愿意去编制里,多好啊!

曹操所谓"挟天子以令诸侯",其实全称是,"挟天子以令那些诸侯手下非常得力的士族与小军阀,逼得诸侯没法不服气"。

于是问题来了:为什么一个天子,对士族影响力那么大呢?

本文真正的主角来了。

曹操麾下有一个名谋士,叫做荀彧,字文若。

《三国志》列次叙传,《魏书·荀彧荀攸贾诩传第十》将他、他侄子荀攸和刚才提到的贾诩,合传列为曹操首席三大谋士。荀彧排第一。在曹操所有非曹姓宗族里,排名第一。

荀彧自己容貌俊美、爱配香囊,曹植说他"冰清玉洁",司马懿说他"书传的古人我不知道,反正近百十年来,我见过的贤人,没超过荀令君的"。曹操直接说他"吾之子房",比作张良。是当时第一等人物。

但细读正史,很是微妙:您会发现,荀彧并不怎么跟曹操上战场。曹操身边的谋士,荀攸、贾诩、郭嘉等负责日常进言;荀彧常镇守后方,跟曹操通信。著名的官渡之战,曹操跟袁绍相持,比较困难,写信给荀彧问怎么办,荀彧跟他说什么"扼其喉而不得进已经半年了,应该用奇了"等等。

看似就是个书信鼓励,给个大方针而已。荀彧究竟是干什么的呢?曹操的后方第二中央?主持日常工作?写信鼓励鼓励曹操?

也不这么简单。

东汉的士族,多出汝南和颍川两地。汝南是袁绍家为尊,所谓四世三公,代代都要进中央的;荀氏则是颍川帮的大家。荀彧和沮授,几乎同时提出迎立汉献帝的主旨,在迎了汉献帝后,荀彧成了尚书令,即天子的秘书。

可以说,荀彧等于是汉献帝与曹操之间的一道桥梁。

此外，他又举荐了大批人物给曹操，诸如郭嘉、钟繇、陈群、司马懿、荀攸等，妙在荀彧介绍的这批才子，大多是颍川士族，于是就形成了曹操手下，一个颍川士族集团。

由于荀彧的缘故，颍川是曹操最关键的后台。官渡之战，荀彧可不止写信鼓励曹操。后来曹丕登基，很快就给颍川郡许多福利，理由是：

官渡之战时，曹操其他地方都不听命令了；只有颍川，老弱都帮忙输送粮食。真是大魏国的根本啊！

颍川，先帝所由起兵征伐也。官渡之役，四方瓦解，远近顾望，而此郡守义，丁壮荷戈，老弱负粮。昔汉祖以秦中为国本，光武恃河内为王基，今朕复于此登坛受禅，天以此郡翼成大魏。

当然，荀彧与颍川士族集团，还不只是帮忙输输粮。

曹操征定天下，有武的一手，那就是他自己能打；也有文的一手，那就是荀彧为首的士族集团。本来曹操在读书人那里，不算有面子：父亲曹嵩是投托宦官门下的，很没面子；但因为荀彧与他手下那批人,与汉朝天子一结合,形成了一个士族班子。这对其他诸侯门下那些读书人,诱惑极大。

某种程度上,荀彧高风亮节、世家公子的儒雅形象,是曹操真正的招牌;而他善于推荐人,至少在前期,令曹操大大受益——至于后期,荀彧的影响也对曹操产生了掣肘,那是后话了。

事实上,东汉末年,挟过天子的军阀,不止曹操一家。董卓立了汉献帝,之后吕布王允、李傕郭汜,都多少把持过汉献帝,但从未有如曹操般成功者,因为其他诸侯虽然各有本领,到底还是土鳖军阀,手握着天子,却没把天子用到位。

汉末士族势力,袁绍靠着四世三公的号召得人心,刘备靠着宗亲血统和个人魅力奔走天下,东吴得靠朱、顾、步、陆等宗族,加上张昭这些北方士大夫镇场。曹操所以独出众,在于他前期,依靠荀彧为首的颍川士族集团,加上汉朝天子,形成了一个美丽的核心。这个士族核心对土鳖军阀也许没有震慑作用,但对军阀手下那些办事的读书人,却大有感召力。

所以曹操平了北方后,录前后功劳,要给荀彧封万岁亭侯,表章的第一句就是：思虑智谋应该首先受赏，战争的功绩抵不上朝堂国家的勋劳啊！

——"臣闻虑为功首，谋为赏本，野绩不越庙堂，战多不逾国勋。"

荀彧当然要推辞，但曹操给他写信，说"我和你共事以来，创立朝廷，你帮着匡弼，帮着举荐人才，帮着出谋划策，也真太多了"。

——某种程度上，荀彧已经不是曹操的谋士，而是曹操的合伙人。他不只是日理万机处理日常工作，他还为曹操团结着一个能感召士大夫的中央。没了他，曹操奉立天子，效果怕要差很多。

荀彧后来死得，比较微妙：《三国志》里明写，曹操要当魏公，荀彧不赞同；之后曹操南征，把荀彧留在寿春，荀彧忧虑而死；次年，曹操就当了魏公——其中意味，不难明白。

各色注引与《后汉书》，更是八卦，说曹操如何给荀彧送了个空盒，暗示他自杀等等。反正，"曹操要当魏公，荀彧不答应；曹操把荀彧留在寿春，也许送了空盒子，荀彧死，曹操当了魏公"，这个流程是没问题的。

但这里面，细想也很微妙。

按曹操平定北方后，势力当然姓曹，但都城许昌，乃是荀彧管事，军师参谋长是荀彧的侄子荀攸，管冀州的，也是荀家的人，曹操未必多开心。

之后，曹操就出了著名的求贤令，要求各色人等，无论品德如何，只要有才，就能当官。考虑到先前朝廷的干部，都是荀彧的人，曹操这么做的目的，不难明白。

所以荀彧自尽，动机其实也不难解释：他与曹操彼此扶持的关系，似乎也是到尽头了。

当然，那是另一个故事了。

在敌对方看来，曹操这个大奸臣确实是"挟天子以令诸侯"，但至少在荀彧活着时，汉朝还有点尊严。终荀彧一世，本来已经被郭图们判了死刑的汉朝，名义又续了二十多年命。连曹操自己也吹嘘过，如果天下无他，不知多少人称孤称王。

至少在荀彧活着的时候，汉朝还在，天子还被奉立着；除了昙花一现的袁术外，没有人称帝称王，到他死时，乱世也算收拾得差不多了。以荀彧自己的身份，他与那些被他感召的士族，确实也算做到"奉天子以令不臣"了。他为汉献帝点了汉朝最后一盏灯,感召了军阀属下各色人等,至少在名义上,又回到了汉朝羽翼之下。所以曹操与他失和,也是必然:他的存在感太强了。

如前所述,荀彧不只是曹操的谋士、曹操的总理,还是曹操的合伙人。荡平天下时,他和曹操共同利益;到曹操露出野心时,利益就有冲突了。他死后,曹操称公称王,三国各自称帝,那是他无法控制的事了。

苏轼如是说:"以仁义救天下,天下既平,神器自至,将不得已而受之,不至不取也,此文王之道,文若之心也。及操谋九锡,则文若死之,故吾尝以文若为圣人之徒者,以其才似张子房而道似伯夷也。"

那些追随他的士族,也是因为相信了他,而投身于曹氏的。荀彧就这样奉着汉朝,到奉不下去了,就像伯夷叔齐那样,在一个时代即将结束时,选择不食周粟,死去了。但直到死去的那一刻,他至少还是"奉天子"的。他是一个汉臣,让汉天子保有着一点点尊严。

在我想象的另一个平行世界里,霸主曹操和贤相荀彧彼此牵制着。曹操负责枪杆子,荀彧负责人脉和日常工作。他们彼此志向不同,但谁都奈何不了谁。曹操也许想搞定荀彧,但这个世界里的荀彧,也许更柔韧更坚强,貌似也更服从一点,于是曹操即便清缴士族、排除异己,终于也拿不下荀彧,终于两人同时谢世。后世百姓会说,他们至死都是好搭档。只有史家细读,才能意识到他们之间的微妙制衡。

最后一件事。

正始四年即公元243年,魏国将一堆人放进曹操的太祖庙庭祭祀,包括:曹真、曹休、夏侯尚、陈群、钟繇、张郃、徐晃、张辽、乐进、华歆、王朗、曹洪、夏侯渊、李典、典韦等,甚至还包括庞德。次年,这个享祭名单里,又加上了荀攸。

然而,终于没有荀彧的名字。

终于在陪着曹操的名字里,没有他的子房,他最倚重的这个人。没有曹操所谓"与君共事以来,立朝廷,君之相为匡弼,君之相为举人,君之相为建计,君之相为密谋,亦以多矣"的,这个亲热无比的"君"。

这算是曹操终于没能与荀彧讲和,还是曹操成全了荀彧一辈子为汉臣的夙愿呢?只有他们两个人自己知道了。

甚至关于三国的两本史书里,都有不同的意见。

《三国志》里,荀彧是魏的谋臣。

《后汉书》里,范晔却是将荀彧当汉臣对待的。

他是魏国第一谋臣还是汉朝最后的谋臣,历代史家争论不休。

一个折中的说法或者是:

荀彧终究知道汉朝不可复兴,只是辅佐曹操,为汉朝延了二十几年命,解决了一些军阀,最后,在汉朝夕阳西下无可挽回时,殒身以死,殉了汉朝。

世上的谋士

三国三大势力,各有著名谋臣。曹魏列传,则荀彧居中为相,香喷喷俊脸蛋好人缘,侄子荀攸为谋主,后来则是贾诩。程昱、郭嘉、刘晔等负责谋断。

季汉那边,则诸葛亮为相。陈寿认为:庞统近于荀彧,法正近于程昱、郭嘉,差不多这意思。

孙吴,则张昭为实际宰相,顾雍、诸葛瑾、步骘、阚泽等后随。

谈论谋士,则诸葛亮、荀彧、张昭三位怕得单独划开。因为这几位运筹帷幄、军政纵横、日理万机统筹人事,已经不单是出谋划策了。虽然曹操说,荀彧是他的张良,但荀彧的实际权力作用,已近于萧何。曹操与刘备出征时,诸葛与荀令君常在后方,主持日常工作。论到谋士,更多是献计献谋、算无遗策的贴身战场顾问,像诸葛、荀、张就不能算了——这三位,更像是君王的大管家呢。

蜀汉

虽然**诸葛亮**不是谋士,但《三国志》里,还是提了他给刘备的几个谋:

《隆中对》,未出茅庐已知三分天下,乃是古往今来最著名的预言和规划之一。此外,诸葛亮也劝过刘备:用游户提升兵力,这对提升刘备军力大有帮助。

亮曰:"今荆州非少人也,而著籍者寡,平居发调,则人心不悦;可语镇南,令国中凡有游户,皆使自实,因录以益众可也。"备从其计,故众遂强。备由此知亮有英略,乃以上客礼之。

诸葛亮也教过刘琦逃命,摆脱继母追杀,这直接为未来刘备出奔,提供了落脚地。更为后来刘备夺取荆州打下了基础。

亮答曰:"君不见申生在内而危,重耳在外而安乎?"琦意感悟,阴规出计。

诸葛亮也出使,促成孙刘同盟,乃是赤壁的促成者。

亮曰:"事急矣,请奉命求救于孙将军。"

之后,诸葛亮就不做谋士了,就得去日理万机、做人民的好丞相了。

但仅凭这几个前期谋略,诸葛亮已经显出很明显的特色:战略眼光宏伟,军政外交方面很通透,又有具体实施的口才,尤其是说孙权那段。

诸葛亮之后,便是**庞统**。他的具体谋略,史书上只说了两个。

其一,让刘备拿定主意入蜀。

其二,给刘备制订取蜀的上中下三计。

但说庞统是刘备入蜀前半部分的策划者,谅来没错。

陈寿说庞统"雅好人流,经学思谋",很像荀彧。"雅好人流"是说,庞统和荀彧一样,人脉出色,善于推荐人才。

历史上，庞统很喜欢夸人。庞统的理由很微妙：

"现在天下大乱，善人少恶人多，要提倡精神文明，哪怕选拔十个人里有五个好人，好歹也能获得大把人才，还能鼓励大家上进，多好啊。也亏得庞统人脉了得，大量举荐荆州人才，要不然刘备西入川，管辖的地方一大，哪儿来的人员填补岗位呢？"

当今天下大乱，雅道陵迟，善人少而恶人多。方欲兴风俗，长道业，不美其谭即声名不足慕企，不足慕企而为善者少矣。今拔十失五，犹得其半，而可以崇迈世教，使有志者自励，不亦可乎？

举荐人才，乃是庞统最像荀彧的地方。

刘备和诸葛亮，鱼水情，天下知。白帝托孤，史传说，天下至公，古今盛轨。但这段君臣情，还有青出于蓝而胜于蓝者，众所周知，关羽死后，刘备东征吴国报仇，诸葛亮没劝住，道："如果法正在，就能劝住刘备不东行；就算东行，不至于遭殃。"

法孝直若在，则能制主上，令不东行；就复东行，必不倾危矣。

不恰当的比方:诸葛亮的口吻,好像《天龙八部》里阿紫在跟萧峰感叹:"如果是我阿朱姐姐活着,你一定听她话……"

法正跟刘备,关系怎好呢?

法正是扶风郿人。郿是董卓筑城的所在。法正是建安年间进四川的,可以想见,之前在长安一带,一定见识了血雨腥风。就像诸葛亮归隐南阳前,在山东的少年时期,多半见识过曹操屠城。

他不是西川本土人,所以也看不上刘璋。他和张松一起谋划,自己以结好外援为名义,去荆州见过了刘备,回来了,就劝张松一起迎刘备入川。这件事当然算不得光明正大,说他是蜀奸都不为过,但他根本没表现出在乎来。

之后刘备入川,前前后后,基本是法正和庞统在谋划。庞统半途夭亡,法正接手到底。他对西川了如指掌,为刘备省力不少。《三国志》载了他两个关键的进言。

其一,郑度劝刘璋:直接坚壁清野,放弃百姓,对付刘备。刘备听了都心虚,法正却说没问题,刘璋不会这么办,被他猜中了。这个例子,法正猜人心思极准,仿佛郭嘉一样。

其二,法正给刘璋写了劝降书。文辞颇佳。开头先照例自谦兼剖白,说怕您左右说我坏话,我才躲远点儿;现在局势危急,必须跟您谈谈。您形势如何如何糟糕,刘备这里张飞如何把巴东解决,孙权正在给我们做后援,您麻烦大了;蜀地三分已丢其二,这事我都明白,您左右英才济济怎么可能不知道?因为他们想自保啊,不愿意跟您说。现在我说了,您看着办吧——话说得看似客气,其实凶狠直接,威胁带离间,让刘璋深感孤立无援:刘备孙权都要来对付我,我手下的人都不忠心!

——如是,法正是个心狠手辣、锋芒毕露之人。和郭嘉一样有恐怖的判断力,而且,他很擅长让对手觉得自己孤立无援。

当时,蜀地形势不佳;刘璋门下的老牌流浪名士许靖,想逾城投降刘备,未遂。后来成都取下了,刘备不喜欢许靖的为人,法正就劝刘备重用他,意思是:许靖是个有名无实的货,但他确实有名。您现在不重用他,大家都觉得您不尊重贤士。您就摆摆样子吧!

天下有获虚誉而无其实者,许靖是也。然今主公始创大业,天下之人不可户说,靖之浮称,播流四海,若其不礼,天下之人以是谓主公为贱贤也。宜加敬重,以眩远近,追昔燕王之待郭隗。

这段话极妙,后面还透出三点。

——法正非常看不上虚名之辈。

——法正很现实:虽然许靖是虚名,但物尽其用。

——法正对容易被虚名哄骗的"天下之人",其实颇抱小觑之意。

即,法正非常清醒的,对全世界都怀有智商的优越感。

后来,又是他劝刘备攻打汉中,为刘备出策解决夏侯渊。跟夏侯渊相持近年,最后是他出了计策:急袭张郃,逼夏侯渊分兵一半去救,然后袭夏侯渊,斩杀之。对这套战略最高的评价,出于曹操。曹操不相信刘备做得到,"背后一定有人教"!

曹公西征,闻正之策,曰:吾故知玄德不办有此,必为人所教也。

因为法正的策谋,不只是刘备做不到,而且是想不到——因为法正的计策,果决狠辣,精准现实,带有贾诩的黑暗和郭嘉的灵感。

翌年,法正去世。人生闪光,不到十年。

法正不只和刘备的关系好,和诸葛亮的关系也很微妙。法正和诸葛亮爱好不同,但彼此敬重。除了诸葛亮"法正一定能哄住主公"之外,诸葛亮和法正还有两个段子。

其一,诸葛亮立法严峻,法正有异议;诸葛亮认为乱世用重典。

其二,法正睚眦必报,有人劝诸葛亮控制一下他,诸葛亮说了非常有名的一段话,大意是刘备当年苦哈哈时,四处树敌,如今终于翻然翱翔,怎么能不让法正自由自在。

在所有这些故事里,法正都是这么个形象:率性、现实、狠辣、直击人心、睚眦必报、狭隘但锋锐。

刘备为什么喜欢他呢?——身为三国唯一没有屠过城、向来以长厚著称的刘备?他甚至比法正还大了十五岁,都该有代沟了。

周瑜和陆逊给孙权写信时,说刘备是"枭雄"。

刘备少年时,爱声色犬马,不爱读书,喜欢交结豪侠——豪侠都是些江湖人物,不是读书人。

《三国演义》里,张飞怒鞭督邮,其实是冤枉了。这事是刘备自己干的:求见督邮,未遂,大怒,进去绑起督邮来,打了二百杖。这是年轻时的刘备:戾气未除,比张飞还透着残暴。

他是能折节下士之人,但不是老好人。刘备一直喜欢陈登这样的豪气之士,而且越到晚年,性子越辣。年近半百,还感叹髀肉复生,野心十足。

遇到了法正,就像遇到了另一个自己——刘备骨子里也有戾气,也狠辣,但没法正做得这么绝。实际上,跟法正一起去打汉中时,刘备老夫发少年狂,放出"曹操来也不怕,我必得汉中了"的豪言。

曹公虽来,无能为也,我必有汉川矣。

这是他以往不太会说的。

刘备要娶吴懿的妹妹了,忌惮吴阿姨的前夫也姓刘,跟自己同族;法正来了句:"论其亲疏,何与晋文之于子圉乎?"

晋文公曾为了大业,娶了自己侄子子圉的老婆。这事当然不光彩。法正这么说,其实逻辑等于这样:

"哎呀不好,我和女朋友拍了鸳鸯戏水照流出了!"

"怕什么?你还能比陈冠希过分么?"

刘备跟曹操对决时,局势不妙,刘备不肯退,无人敢谏。乱箭不断,法正过去,挡在刘备面前,刘备心疼了:孝直躲开!

法正:你亲自在前,何况我?

刘备:孝直我们一起走!

先主与曹公争,势有不便,宜退,而先主大怒不肯退,无敢谏者。矢下如雨,正乃往当先主前,先主云:"孝直避箭。"正曰:"明公亲当矢石,况小人乎?"先主乃曰:"孝直,吾与汝俱去。"遂退。

这一招苦肉计,玩得很绝,就是敲中了刘备的心。法正真是能探测人的内心底线。

所以了,这就是法正:

他非常现实,和贾诩一样现实,深明人心的脆弱所在。

他不相信虚名,鄙视普通人,就像一切愤世嫉俗的天才。

他有郭嘉级的恐怖判断力和口才,所以刘备无法拒绝他的提案。

要劝刘备躲避,就先把自己暴露在箭雨中。

法正从来不追求道义上的最优解,而是给出最现实而有效的方案。

刚烈,狠辣,豁得出去,现实,残忍,精确。

当然,还有著名的"睚眦必报"。

不是正人君子,但有豪侠之风。

也许这就是刘备一直喜爱的、也希望自己成为、却始终无法成为的,另一个自己。

话说为什么法正对刘玄德如此一见钟情?除了刘备一向有的"能得人死力"的人格魅力,还有其他么?

答:法正的爷爷叫法真,为当时名士,中平年间过世,活到八十九岁。他老人家死后一年,就发生了董卓闹京事件。

而法真爷爷他老人家的号,叫做玄德先生。

不骗你。就这么巧。

曹魏

曹魏家,容貌与人品俱佳,香味与身材齐飞的荀彧,是当家第一号谋臣。另值得一论的,倒是他侄子:**荀攸**荀公达,明明是曹操家的谋主,首席谋士是也,曹操所谓:

"军师荀攸,自初佐臣,无征不从,前后克敌,皆攸之谋也。"

"忠正密谋,抚宁内外,文若是也。公达其次也。"

为什么没有名呢?

一得怪罗贯中。正史里荀攸的戏份,到《三国演义》里被刨去不少。

比如荀攸劝曹操别打张绣,免得张绣和刘表勾结,曹操不听,事后如荀攸所料,曹操跟荀攸道歉了——这个,小说里没提。

比如水淹下邳,明明是荀攸与郭嘉主谋,到《三国演义》里,就变成荀彧和郭嘉主谋了。

攸与郭嘉说曰:"吕布勇而无谋,今三战皆北,其锐气衰矣。三军以将为主,主衰则军无奋意。夫陈宫有智而迟,今及布气之未复,宫谋之未定,进急攻之,布可拔也。"乃引沂、泗灌城,城溃,生禽布。

比如是荀攸画策突袭白马,斩了颜良——这功劳在小说里,都被关羽包揽了。

比如斩文丑时,荀攸和曹操著名的心有灵犀——这个也被关羽的荣耀遮盖了。

比如许攸来投,诸将怀疑,只有贾诩和荀攸劝曹操去袭乌巢;之后张郃投降,曹洪不肯收纳,只有荀攸判断可以收纳——这些全被罗贯中屏除了。

简而言之,荀攸所有的名策略,到了《三国演义》里,或被罗贯中凭空吃了,或被罗贯中另外夸个谁(郭嘉、关羽)出来遮盖了。

当然,也得怪他小叔叔。荀彧比他侄子还小六岁,但太有名,于是许多人把荀攸的事儿归到他叔叔头上了。再说他们这个姓氏忒生僻,多少人都把荀彧读成狗货,把荀谌读成狗甚?太生僻啦,客观上限制了名字的流传。

最后,还是得怪荀攸和钟繇这对好朋友。

荀攸很低调，做好事不留名。

攸深密有智防，自从太祖征伐，常谋谟帷幄，时人及子弟莫知其所言……自是韬及内外莫敢复问军国事也。太祖每称曰："公达外愚内智，外怯内勇，外弱内强，不伐善，无施劳，智可及，愚不可及，虽颜子、宁武不能过也。"

许多事儿，他都是耳朵根子边磨磨唧唧说的，这也正常：一个君王耳边咨询人，低调是必须的。加上他没有什么场外绯闻。既没有荀彧的悲情命运和香帅范儿，又不如郭嘉的风流不羁，导致荀攸简直没有标签可以贴。

更气人的是："公达前后凡画奇策十二，唯繇知之。繇撰集未就，会薨，故世不得尽闻也。"

本来嘛，荀攸那些事，得指望钟繇来个《荀攸和曹操那些你不知道的事》《魏国帷帐中的秘策》《许昌夜幕下的低语》，来广为人知，但钟繇把荀攸的十二奇策带进坟里去了。考虑到这里面都是密谋，钟繇又不能翻墙到蜀汉去出版这个。于是生生就湮灭了。

贾诩之为人,大家都知道。论聪明,全三国未必有人敢说胜过。自己辅佐过的主子纷纷完蛋,但独善其身,最后位居三公,活到七十七岁,完美。

但他做的事儿,都不能说太光明正大。辅佐李傕郭汜破长安,手段很高明(煽动西凉),但结果不美好;跟了张绣,坑了曹操好几下子,杀了曹操的儿子、侄子和爱将典韦。妙在关键时刻,居然能站对位置,让曹操都感叹"使吾信重于天下者,子也"。后来还挑拨离间了马腾韩遂联军,诸如此类。

知人者智,自知者明。贾诩无愧于这两句。他了解人心,了解人心的幽暗和脆弱之处,于是利用之。曹操之所以欣赏他,欣赏到不计儿子、侄子和典韦死在他手里,大概便因为,曹操自己也是个现实主义者。

当然了,贾诩聪明归聪明,但多少有些只讲利益,不谈立场。裴松之认为,荀彧荀攸品格比贾诩高太多了。

且攸、诩之为人,其犹夜光之与蒸烛乎!

于是出了个有趣的细节：曹丕登基后，封贾诩做太尉。孙权听了，嘲笑曹丕。为什么呢？

司马懿说过："三公之官，圣王所制，著之典礼。"汉末虽然天下纷乱，但三公到底还是得有范儿："古之三公，坐而论道，内职大臣，纳言补阙，无善不纪，无过不举。"

蜀汉一度用许靖做太傅。这位爷其实只担个虚衔。为什么还让他担这个？就因为三公得有好名声。

曹丕请贾诩去当太尉，就像让FBI老大去当美国国务卿，能力可能胜任，但有些事，不能摆台面上。

为什么曹丕非这么干？

魏略曰：文帝得诩之对太祖，故即位首登上司。

话说曹丕如何做的太子呢？都是贾诩私下帮的忙。

太祖又尝屏除左右问诩，诩嘿然不对。太祖曰："与卿言而不答，何也？"诩曰："属适有所思，故不即对耳。"太祖曰："何思？"诩曰：

"思袁本初、刘景升父子也。"太祖大笑,于是太子遂定。

曹操问贾诩立嗣的事儿——曹丕和曹植斗得很厉害啊——于是发生了以下对话:

曹操:问你你不答,干嘛?

贾诩:正想事儿呢,没法回答。

曹操:想啥?

贾诩:想袁绍、刘表父子呢(袁绍和刘表都是因为没有立长子,导致一塌糊涂最终灭族)。

曹操大笑,于是定了曹丕做太子。

换言之,曹丕这太子位乃至帝位,贾诩帮了忙。于是曹丕一上台,立刻让品德不怎么样的贾诩当了太尉,规矩都不要了。

难怪孙权听了,要发笑了。

郭嘉跟荀攸与贾诩两位比,更偏向判断型。出谋划策不多,下决定不少。比如劝曹操打袁绍、打吕布、料中孙策之死,后来对袁谭兄弟的间隙、奔袭乌丸等等。这些案例里,郭嘉都是劝曹操"要不要这么打,要不要撤兵"的那一位。仅论判断的表现,郭嘉不在荀攸贾诩之下。

但在"出策"方面,比那二位的秘策不断,郭嘉明显少了点。打个比方,李世民说"房谋杜断",荀攸贾诩好比房玄龄,有谋;郭嘉就倾向杜如晦,善断。

而且,郭嘉很懂曹操的心,这是他独一无二的所在——一如法正也很懂刘备的心似的。

序传时比郭嘉排前一位的**程昱**,则是个刚烈狠辣的老干部。大小计策不断,胆子也了得。当年独力设法,在兖州扛住吕布;曹操一度犹疑要不要投向袁绍时,程昱又果断劝曹操别去;刘备来投时,建议曹操杀掉刘备等等。程昱还能带兵,他曾经亲率七百军在前线对付袁绍,曹操担心他,想给他多些兵马,程昱表示不用:我兵马少,袁绍看不起我,才不会特意来打我;我兵马一多,算个威胁,他反而要来打我了……

但程昱最好玩的,是他晚年的一件事,《三国志·程郭董刘蒋刘传第十四》里说:"魏国既建,为卫尉,与中尉邢贞争威仪,免。"

在我想象中,这是一次有点滑稽的事件……老首长程昱大战年轻干部邢贞——

小年轻:你个老土鳖名气那么臭还横?

老首长:你有种再说一遍试试?

这事情时,魏国已经建立。那是公元216年之后的事了。

程昱,我们都知道:曹操麾下谋士,荀彧、荀攸、贾诩之后,就是他了。序传排名,还在郭嘉之前。按程昱那年,起码七十六岁,可能七十九岁。

邢贞年龄不明,但他在程昱死后的黄初二年,还能去册封孙权为吴王,肯定年轻些。

程昱的脾气和人际关系,众所周知:"昱性刚戾,与人多迕。人有告昱谋反,太祖赐待益厚。"

这两件事体现了:其一,程昱脾气臭,跟人不对付。其二,程昱人际关系真是相当不好——一般这种老臣还被告谋反的,都是这样。

为什么程昱人际关系差呢?他早年抵抗吕布、抵抗袁绍,经历过山东大饥荒期,一度用人肉做军粮。

《世说新语》:"初,太祖乏食,昱略其本县,供三日粮,颇杂以人脯,由是失朝望,故位不至公。"

——意思是,程昱在朝里,名气不太好。不然按资历、功劳和水平,是三公的料:至少压王朗王司徒一头,毫无问题。

当然,那时程昱也老了。虽然早年性格刚烈狠辣,到晚年,已经"知足不辱,吾可以退矣"了。于是"自表归兵,阖门不出"。——兵权不要了,自己躲起来,这风格有点像贾诩:不跟人交往。

邢贞呢?历史上他有两件事有名:都和威仪有关。

其一,与程昱争威仪。

其二,他去出使东吴时,耍横,气得张昭嗷嗷叫:以为我们不敢杀人吗?!吓得邢贞下车了。

邢贞至东吴,自恃上国天使,入门不下车。昭谓贞曰:"夫礼无不敬,故法无不行。而君敢自尊大,岂以江南寡弱,无方寸之刃故乎!"贞即遽下车。

显然,邢贞很擅长威仪倨傲,得罪老干部们……

结合程昱与邢贞的性格,我觉得,事情是这样的。

邢贞当时是中尉,后来又要当外交官。性格又傲,后来到东吴都敢不下车。程昱那时,快八十岁了,巅峰期也过去了:距离官渡过去快二十年了,兖州事变快三十年了。说不定,邢贞都没经历过那些。

因为早年吃人肉的事,程昱被满朝人看不起,自己交结的人也少。

于是邢贞觉得自己可以对程昱耍威风了。

"你年纪比我大还不是跟我同级?"

程昱虽不主动挑事,但老而弥辣,并不怕事,卯起来了:

"他妈的老子快八十了,还怕你?"

于是闹起来了。免官。

这事也不算大。曹丕登基后,程昱还是卫尉。邢贞还是太常。邢贞还要继续出使,去跟张昭怼——他这辈子有名就有名在:跟那么多长者怼……

更像是个插曲,是最体现程昱性格的事了。也告诉我们:永远别低估程昱这类老军人、老谋士、老干部、老长者的尊严和愤怒……

刘晔刘子阳,乃是曹操手下,一个非常有趣的谋士。

首先,他是真正的汉室宗亲,论皇族血统,比刘备还硬。所以他晚年不跟任何人交往,自称:"我是汉室,效力魏国已经很被人嫌疑了,所以少结交人吧。"

其二,虽是谋臣,他却亲手谋杀过人。他在扬州时,地方豪强拥兵自重,郑宝最为有名。曹操派使者来扬州,刘晔面见使者,聊了局势,定了计策。郑宝带数百人马来迎接使者,刘晔招待数百人马在外头饮酒,自己招待郑宝。手下人不敢下手,刘晔亲自动手杀郑宝,斩其首,安抚郑宝的手下,于是众人都归附刘晔。——多狠辣的男子汉。

其三,刘晔传记里,常有"独"这个字。经常是一大群人说甲,刘晔说乙,往往力排众议,还总能说对,有时连曹操都听他的话:取汉中时,曹操一度想半途而废,刘晔说服诸将不要退兵;取汉中后,刘晔建议直取蜀中,曹操不从,结果刘备定了蜀中,三足鼎立。孙权杀关羽后,魏国都认为刘备会吃哑巴亏,只有刘晔认定刘备一定会攻打吴国。孙权接受魏国封赏,朝臣都庆贺,只有刘晔认定孙权并未臣服。反此种种,不一而足。

刘晔是个很与众不同的人。

诸侯势力中的名谋士也不少。只是世界多按成败论英雄,多少豪杰或者没有用武之地,或者死得早(戏志才、陈登们),就生生被埋没了。

当然,也有很多是被夸出来的。

比如,**李儒**。

按《三国演义》,他是董卓家第一谋士,地位还在贾诩之上。可是你去搜《三国志》,从头到尾,没有他的名字。

史载事迹,仅有两件:担当了汉少帝的郎中令,然后去毒杀了汉少帝。仅此而已。此事见于《后汉书》,《资治通鉴》也采用了。只能说,他在董卓军中地位不低,但没什么直接证据说明他的谋划,最多是下毒手段处置得当,而已。

陈宫也是个被拧了的角色。在《三国演义》里，他之于吕布，简直是范增之于项羽的角色。既刚正又多智，最后引颈受戮很有悲剧英雄之姿。在京剧《捉放曹》里，他还亲眼目睹了曹操"宁教我负天下人，休教天下人负我"的那句名对白。

但历史上，并非如此。

陈宫在历史舞台的登场，是以身为曹操属下，背叛曹操开始的。他煽动张邈、张超们反了兖州。这事儿说难听点：陈宫背后插了主子一刀，不算太光明磊落。

之后他跟了吕布，也有过一次疑似叛逆事件。吕布部下郝萌夜半谋反、吕布吓得去找了高顺，后来曹性（《三国演义》里射瞎夏侯惇那位）说，郝萌谋反这事，陈宫有同谋，陈宫脸都红了，吕布没追究。

陈宫留名历史的谋划，就是下邳被围时的"吕布出城，我来固守，掎角之势打曹操"，吕布没采纳。当然可以假设：吕布若用陈宫此计，吕布未必会亡云云。但说实话，吕布当时步骑出战曹操，也没能胜；且先前陈登已经劝吕布这么干过了，还趁势端了吕布老巢。所以这策略未必有效。

大体上，论历史，陈宫的智谋并不像《三国演义》里那么漂亮，而且他跟吕布的关系，不像是君臣，更像是并肩合作。陈宫很擅长在几个势力之间斡旋，也有些私人势力，有自己的班子。他在兖州、徐州和淮南间的人脉似乎很了得，也算个非常有性格的小枭雄，但未必是出色的谋士。

如果官渡之战袁绍得胜，则田丰和沮授在历史上的声名，大概就会是今日的荀彧与郭嘉了。

沮授如荀彧，在于他给袁绍做大规划，占据冀青幽并四州，再拥立天子——听上去，很荀彧。

他劝谏而袁绍不听的那些，也集中在人事和大规划上。

比如袁绍让儿子袁谭去掌青州，沮授劝过，不听。结果袁家就败在儿子们内战上。

沮授劝袁绍迎立汉天子，袁绍没依。结果曹操挟天子以令诸侯。

沮授认为袁绍不该跟曹操追求大决战，而应该慢慢来，广域袭扰，袁绍不听。

沮授认为应该留守延津,不该让颜良独自领军,袁绍不听,于是颜良文丑都完了。

沮授认为应该跟曹操打持久战,袁绍不听,于是官渡了。

沮授的宗族和威权颇重,这点很像荀彧在曹家的地位,也因此,郭图和淳于琼们对他一直不算友好,袁绍也是慢慢分他的权,最后完全不用他的。

田丰如郭嘉,在于他更偏重战术谋划,而且了解袁绍内心——一如郭嘉了解曹操的内心。

比如界桥之战扶袁绍进矮墙,说明田丰是直接上战场的那种——都手扶主公了,很亲密。

比如田丰曾经劝袁绍袭许都劫天子——这风格就比沮授的犀利。

袁绍平公孙瓒,田丰居间用策很多。

曹操东征刘备时,田丰劝袁绍打许都,不听。

最后官渡败回来,田丰在狱中一听这消息,就知道袁绍必然要杀他——猜中了。

史书上表现出来的,可以说:沮授是整体规划,田丰是战术细节。

他俩不见用,未必是袁绍多蠢——献了计策不用,不听就是,干嘛贬黜呢?因为袁绍那里太杂乱了,儿子多,派系杂,来回倾轧。袁绍的地盘够大,吞得够多,四个儿子各一个州,手下各有班子,内部意见太难统一。所以沮授和田丰提提意见,都能提监狱去——说到底,都是政治斗争的牺牲品。

公元190年,刘表单骑下荆州。那时荆州被袁术窥伺,当地还有群土霸王臭流氓。蒯良和蒯越算当地士人。

刘表问计,**蒯良**说,应该施以仁义——这个听上去就非常冠冕堂皇。

然后**蒯越**补充,先说了句酷毙了的话:

"治平者以仁义为先,治乱者以权谋为先。"

——那意思:我哥哥刚才说了些政治正确的,咱现在要开始说阴险的招了。

什么招呢？蒯越有人脉，认识当地黑白两道，就邀请些当地宗贼势力来，杀了，然后收编当地人众。

刘表一介书生，却能震服荆襄近二十年，割据一方，一方面是他自己人英俊，有魅力，有学问，一方面是，蒯良和蒯越这对谋士的策划。蒯良和蒯越兄弟，大概是三国最早意识到乱世局势，意识到营造舆论、吸引人才、下狠手整治当地豪强的人物。有谋略，有手段，黑白两道，软硬兼施。

荆州被曹操袭取固然不保，但荆州这一族士人却还活得好好的。从结果而论，蒯越有点小贾诩的意思。

所以曹操都说，不喜得荆州，喜得蒯越。

《通鉴辑览》说："蒯良兄弟数语，当时所仅闻，昭烈偏安之业，有与此暗合者，表不能善用之耳。"

蒯良兄弟这几句，和刘备的策略有暗合之处，只是刘表没用到点而已。

从蒯越蒯良、荀彧贾诩、诸葛亮法正这些例子，还可以引出一些有趣的联想。

诸葛亮负责光明正大,庞统负责雅好人流,法正负责谲计诈谋。

荀彧负责清秀通雅,贾诩负责离间挑拨,郭嘉负责铁口直断。

蒯良负责说"仁义为先",蒯越就负责"权谋为先",诱人来宴会乘机谋害。

谋士们都有一个光明面的,负责规划大局、营造形象、吸纳人心,是壮大自己。又有些黑暗面的,负责谲谋秘计、暗箱操作,是削弱敌人。政治不仅得利己,还得损人呢。

君王们当然很敬重光明面的,比如诸葛亮和荀彧,如鱼得水,吾之子房。这类智者,通常也很可敬。比如百年之后,还有这种说法:"葛公在时,不觉有异,葛公殁后,未见其比。"

比如司马懿说荀彧,"书传远事,吾自耳目所从闻见,逮百数十年间,贤才未有及荀令君者也"。

这都是流芳百世的好口碑。更典型的是张昭,活着时就声名赫赫,大家都敬重,"昭忠謇亮直,有大臣节,权敬重之",但众所周知,孙权跟他没法亲近。

反过来，细节上，法正、贾诩、郭嘉、蒯越这些黑暗阴谋家、睚眦必报风流不羁的，却和主子关系更私人，更亲密。看法正和郭嘉，真是各自主子的贴心小棉袄，勾心通肺，无话不谈。不只是君主，像荀攸这样计谋百出但为人低调的，就没有郭嘉这样风流不羁的招眼。

王朗王司徒，三国最大的人生赢家

1994版《三国演义》电视剧，编剧多有神来之笔，变文言为通俗，人民喜闻乐见。比如，"武乡侯骂死王朗"这段里，编剧让诸葛亮下了一套华丽说辞，憋得王朗王司徒哑口无言，末了使个"我从未见过如此厚颜无耻之人"，一锤定音。可怜见了王司徒，如今逐日里，满互联网上，吐血倒马，气死了一遭又一遭。

至于丞相那句"我从未见过如此厚颜无耻之人"，真是田间地头，有井水处皆歌谣了。

然而王司徒这人，历史上可没这么惨。他老人家太和二年安然高寿去世，也没见千里迢迢，去挨诸葛亮的骂。本来嘛，《三国演义》，出了名的七实三虚，让诸葛亮舌战群儒，把张昭虞翻、程秉薛综们骂了一顿，又转移战线，把王朗送过来，也是罗贯中厚爱诸葛亮，安排几个人给他骂骂玩儿。

王朗和诸葛亮的瓜葛,按正史,只有一条:刘禅初继位时,王朗和他的同事华歆、陈群、许芝、诸葛璋等,纷纷给诸葛亮写信,陈述天命人事,劝诸葛亮投降算啦;诸葛亮没回信,估计也没能骂着王司徒。

实际上,若按正史,则王朗王司徒,真可算是三国的人生大赢家之一。

首先,王司徒不大聪明,但运气不坏。

且说他老人家,东海人,因为通经书,当过会稽太守,结果地盘被孙策吞了。王司徒坐船出海,又被孙策追上揍了。好在他是儒雅名士,孙策也只是骂他几句,没杀他。

后来曹操请了王朗去当官,问他孙策何许人也,王司徒虽然被孙策打得满地找牙,但背后不说人坏话,评价道:"孙策勇冠一世,张昭是人民之望,周瑜是江淮之杰。所以孙策在吴地,早晚是要成大事的,不是鸡鸣狗盗之辈。"

后来曹操称了魏公、曹丕篡汉称帝,王朗都帮了忙。于是开国之后,位列三公。当是时,王朗、钟繇、华歆,算是三公。曹丕都夸他们

"当代伟人"也。

当然,"当代伟人",也就是曹丕夸的。其他人嘴里,王司徒的风评,也不算特别好。

历史上,诸葛亮并没当面骂王朗,但在《后出师表》里——这文章是否诸葛亮亲笔,还待商榷,咱们姑且算是诸葛亮写的好了——诸葛亮指名道姓地说:"刘繇、王朗,各据州郡,论安言计,动引圣人,群疑满腹,众难塞胸;今岁不战,明年不征,使孙策坐大,遂并江东。"

——王朗明明有地盘了,结果动不动引用圣人之语,磨磨唧唧,拖拖拉拉,大家都烦了,眼看着孙策坐大,统一了江东。

文章里骂王朗,还留名后世,比阵前骂,还狠辣呢。

后来《世说新语》里,王司徒也很没主意,两个段子:

其一,王朗很推重华歆的学识度量。年终腊祭八神之日,华歆召集子侄们宴饮,王朗也跟着学。有人跟张华说这事儿,张华嘴下不留情:王朗学华歆,都是表面皮相,所以离华歆越来越远。

其二,还是王朗和华歆,一起乘船避难,岸上有人,想上船来投靠。华歆犹豫,王朗觉得船里还宽敞,不妨。末了才发现,那人被贼寇追杀了,王朗怕了,想把那人放回岸上去,华歆说了:我刚才犹豫,就为了他可能有难会连累我们;可是既然收留了,怎么还好意思舍弃他呢。

您看,历史上的王朗王司徒,按行为来说,大概不算坏人,但不大聪明,不太有主见。甚至笔下嘴上,反应都不算快。《三国志·王粲传》注引《典略》,说王粲口才好,辩论棒,相比起来,钟繇、王朗等,"皆阁笔不能措手",显然差了一筹。

可是,为什么说王司徒是三国人生大赢家呢?

首先,他如果确实活了七十六岁,那就比五十四岁的诸葛亮长寿多了——在三国,这算是长寿。贾诩使尽了阴谋诡计自保,也就活了七十七岁。

然后,王司徒的孙女儿,叫做王元姬,孙女婿叫做司马昭;孙女儿和孙女婿生的孩子叫做司马炎,统一了三国,立了晋朝。

实际上,因为有儿女亲家的关系,论辈分,王朗还比司马懿长一辈。

您可以想象一代枭雄司马懿,见着王司徒,还得行礼:

"哟,这不是亲家老爷么?"

"哎呀这不是我家亲家小儿仲达吗?就别行大礼啦。子元子尚我那俩孙儿还好?哈哈哈哈!"

按史书上,王朗的孙女、司马昭夫人王元姬,那也着实了得。她很早就跟司马昭提过,说钟会这人,"见利忘义,好为事端",劝司马昭不要重用钟会。结果钟会灭了蜀汉后,果然起心要谋反,被平了。后来史书都说王元姬英明睿智,洞察先机——这里有个插曲,王元姬对钟会看不顺眼,有个小缘故在里面。

如前所述,王司徒算是个厚道人,所以他一生最著名的大事,是跟钟会他爸爸钟繇,讨论肉刑之议。

当年曹操心思活动,曾想恢复古代的肉刑——割鼻子、挖膝盖,诸如此类——钟繇赞成这提案。而王司徒这么温和磨叽的脾气,哪能答应这么残忍的事?和钟繇吵了三次。所以钟家和王家算是勾心斗角。王元姬为了给爷爷王司徒争气,也得说钟会几句坏话——结果,还就说准了!

所以,王朗王司徒九泉之下,完全可以大摇大摆去跟诸葛亮吹牛:诸葛村夫,你不是想灭魏吗?我孙女婿,把曹魏给灭了!

钟会不是把你们蜀汉给灭了吗？我孙女儿，吹吹枕头风，给你们蜀汉报仇啦！

然而，王司徒最大的成就，还是他的儿子王肃。

众所周知，中国古来做学问，小半倒是在抢经典的注释权。比如康有为要变法，都得先来个《新学伪经考》。

这个风潮，两汉之际也热闹。那会儿，大家都在讨论今古文尚书的事。好比张佳玮成了圣人，留了句话"排骨贵吗？"，那么张佳玮的爸爸说："这没啥，就是表示我儿子爱吃肉。"张佳玮的妈妈说："不不，这是我儿在反讽市场经济政策。"邻居奶奶说了："得了吧，我看他是想说你们都不食人间烟火，何不食肉糜。"

这种时候，最聪明的人知道该怎么办：咱抢经典解释权干嘛？咱直接编经典啊！

前头说过，王朗王司徒极通经书，他儿子王肃也是家传了得。王肃自己伪造了孔安国的《尚书传》《孝经注》《孔子家语》《孔丛子》等一大堆书。这些东西，流传千多年，陆陆续续被质疑，但直到清朝之前，还是没能完全厘清——这意思，王肃编了一堆假经典教材，大

家读了一千年。

所以王司徒和诸葛亮在《三国演义》里吵架,到底还是一朝一代的事儿,王肃先生这样伪造经典,忽悠中国读书人琢磨一千多年,才是大事情。毕竟能忽悠一国之人一千多年,也算是了不起。这里面得多说一句:除了伪造得像,王肃的背景也起了大作用。毕竟亲爹是魏国司徒王朗,女儿王元姬是司马昭的老婆。这样编权威教材,自然助力不小。

所以啊,王朗王司徒,自己辅佐了一个王朝的诞生,又借着漫长的寿命,靠自己的权势和教育,为自己那贵为开国太后的孙女和博学多才的儿子打好了基础,让孙女婿推翻了一个王朝,让儿子伪造经典忽悠中国读书人千余年。

还有比王司徒更快活的人生么?

权势的好处,本来就是这样:

不在于你说对了大家点头,而是大家知道你在胡编,但还是得被迫前赴后继,鼓掌通过,并加附议:"您说得对!"

本书版画选自《三国演义》清初大魁堂本

图书在版编目(CIP)数据

三国志异 / 张佳玮著. -- 上海:华东师范大学出版社, 2017
ISBN 978-7-5675-6534-0

Ⅰ.①三… Ⅱ.①张… Ⅲ.①长篇历史小说-中国-当代 Ⅳ.①I247.5

中国版本图书馆CIP数据核字(2017)第103481号

书　　名	三国志异
著　　者	张佳玮
责任编辑	顾晓清
书籍设计	周伟伟
出版发行	华东师范大学出版社
社　　址	上海市中山北路3663号 邮编 200062
网　　址	www.ecnupress.com.cn
客服电话	021- 60821666
网　　店	http://hdsdcbs.tmall.com/
印 刷 者	上海雅昌艺术印刷有限公司
开　　本	787×1092　32开
印　　张	10
字　　数	130千字
版　　次	2017年8月第1版
印　　次	2017年10月第2次
书　　号	978-7-5675-6534-0/I.1694
定　　价	55.00元
出 版 人	王焰

如发现本版图书有印订质量问题,请寄回本社市场部调换或电话021-62865537联系

张佳玮,1983年生于无锡,
长居上海,现在巴黎,自由撰稿人。

张佳玮 @ 谜文库
　　　《三国志异》
　　　《传奇在路上》
　　　《爱情故事》
　　　《迈克尔·乔丹与他的时代》
　　　《代表作和被代表作》

三国志异

Strange Tales of the Three Kingdoms

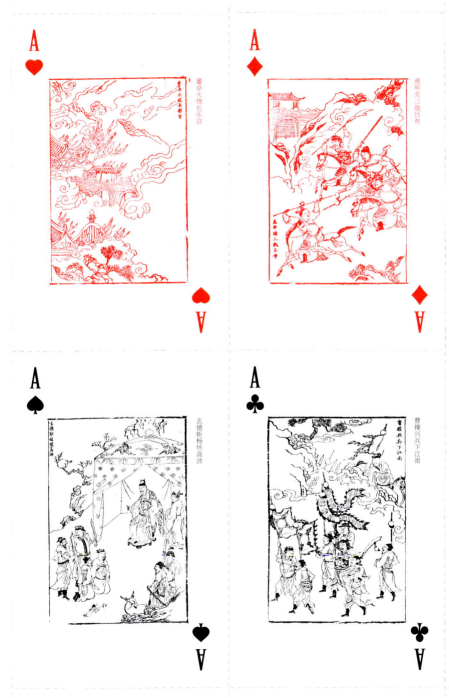

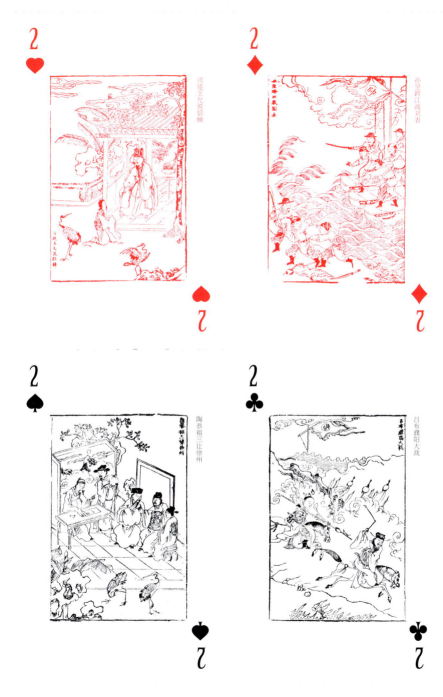

三国

Strange Tales of

志异

the Three

Kingdoms

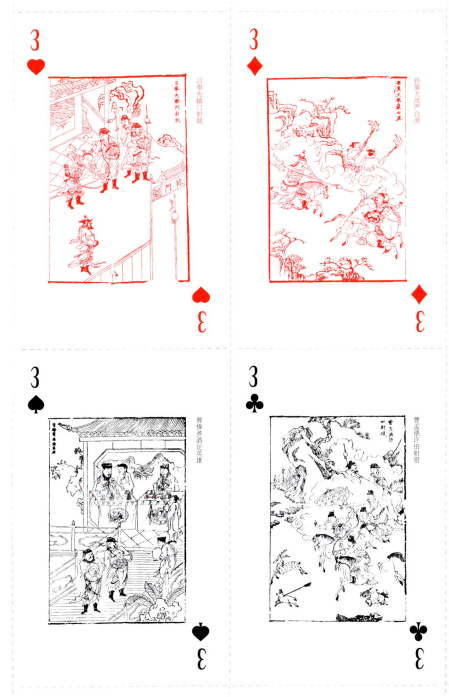

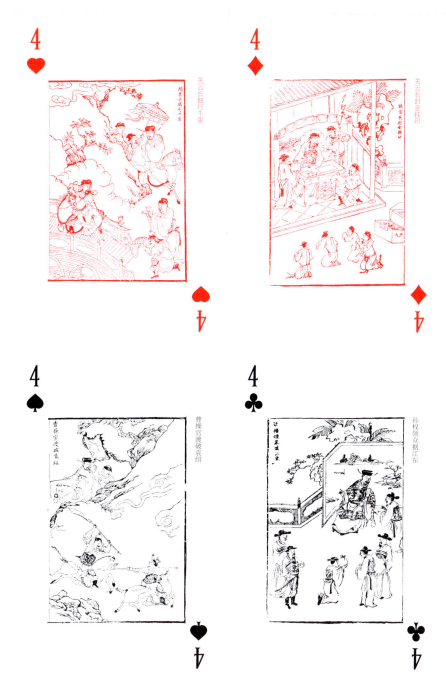

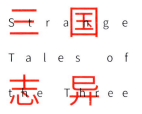

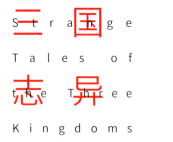

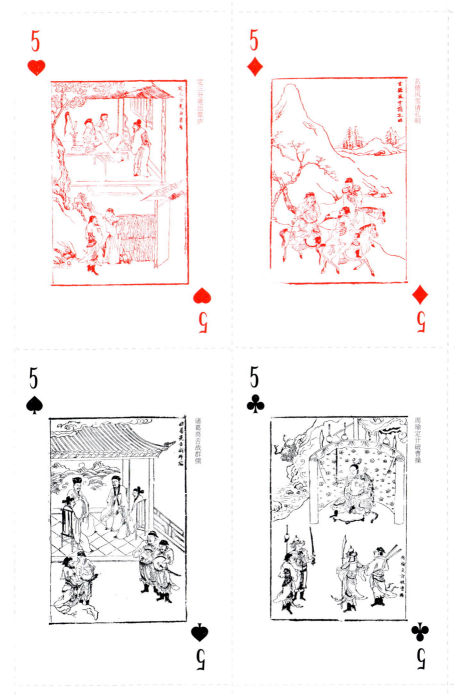

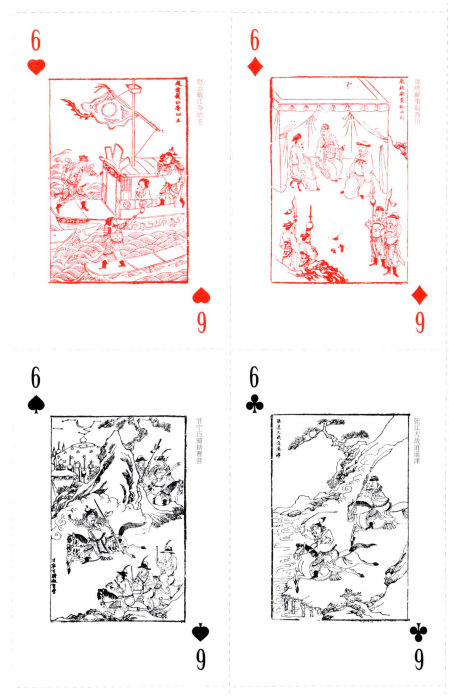

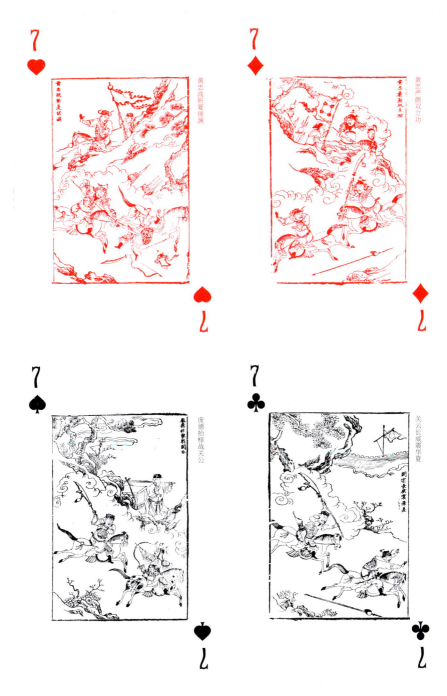

Strange
Tales of
the Three
Kingdoms

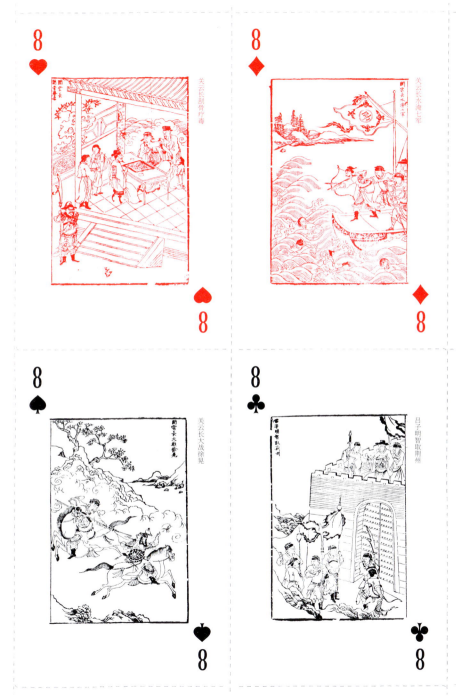

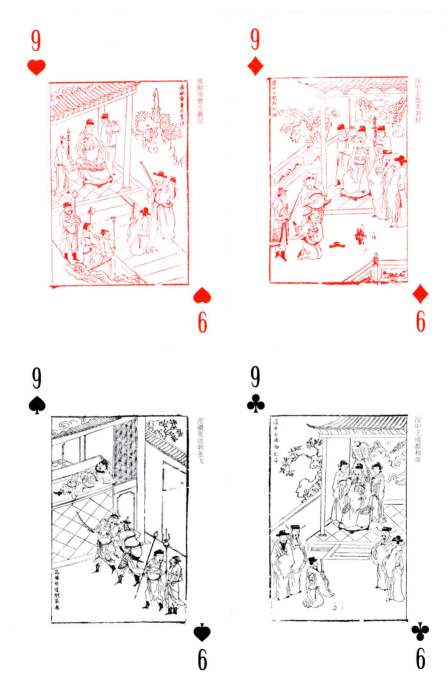

Strange Tales of the Three Kingdoms

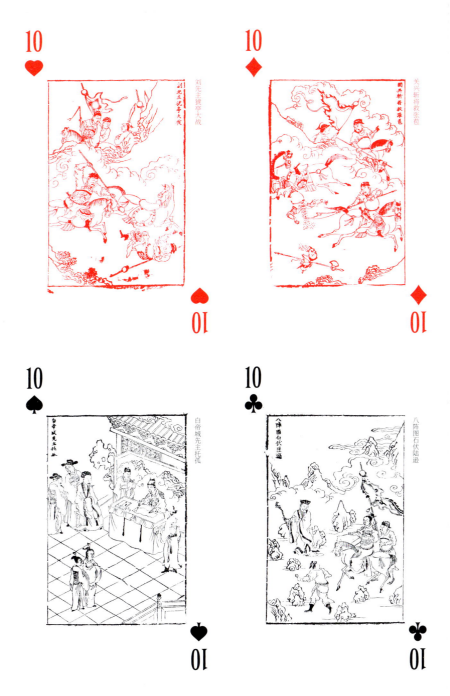

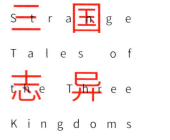

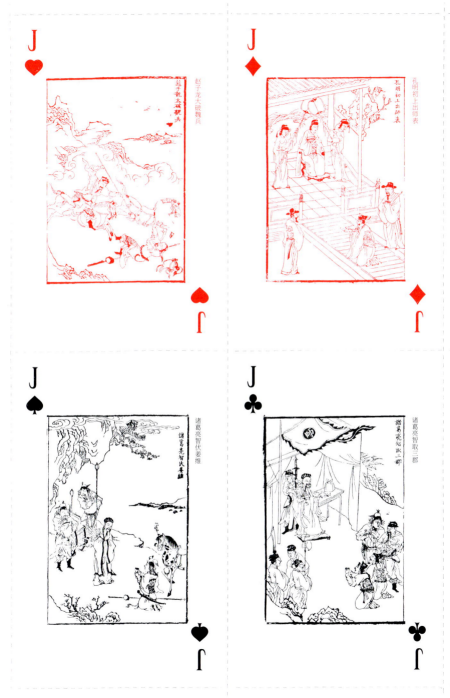

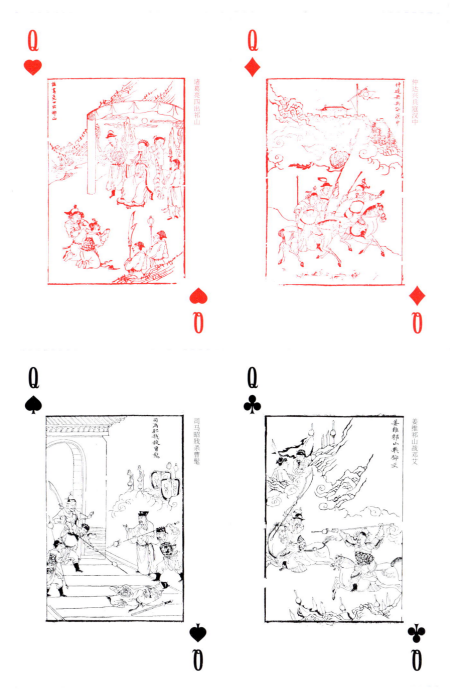

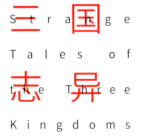

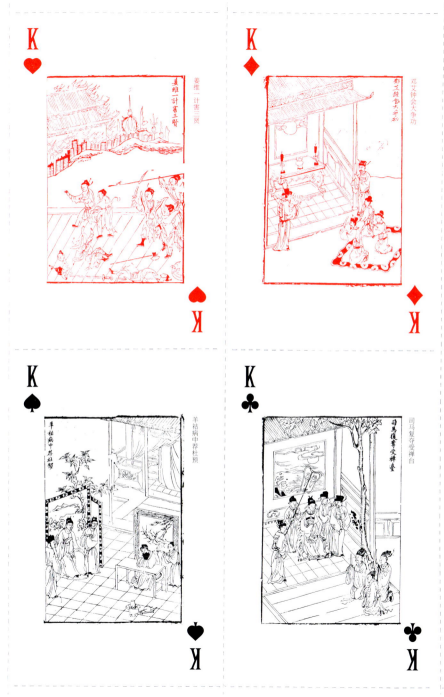

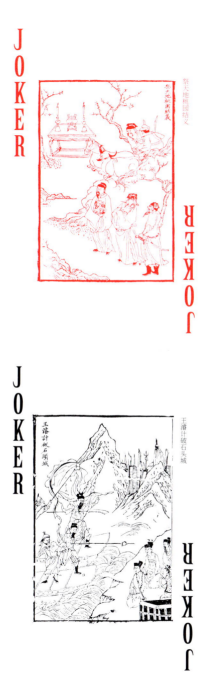

 Strange

Tales of

 the Three

Kingdoms

 Strange

Tales of

 the Three

Kingdoms

$f_{(\text{lib})}$